Dieses Buch gehört:

In der Reihe »Flüsterwald« sind bislang erschienen:

Flüsterwald – Staffel I

Band 1: Das Abenteuer beginnt

Band 2: Der verschollene Professor

Band 3: Durch das Portal der Zeit

Band 4: Der Schattenmeister erwacht

Flüsterwald – Staffel II: Eine neue Bedrohung

Band 1: Der verborgene Meisterschlüssel

Band 2: Die versteinerten Katzen

Band 3: In den Fängen der Zauberin

Band 4 erscheint im Frühjahr 2024!

FSC www.fsc.org
MIX
Papier | Fördert gute Waldnutzung
FSC® C014496

1. Auflage 2023

ISBN 978-3-7641-5231-4

Lektorat: Kathleen Neumann
Umschlag- und Innenillustrationen: Timo Grubing
Satz: Malte Ritter, Berlin

Druck und Bindung: GGP Media GmbH, Pößneck
Gedruckt auf Papier aus geprüfter nachhaltiger Forstwirtschaft.
www.ueberreuter.de

Andreas Suchanek

FLÜSTERWALD

Eine neue Bedrohung

Buch 3:

In den Fängen der Zauberin

Mit Illustrationen
von Timo Grubing

ueberreuter

Lukas (Mensch)

* leseratte und Abenteurer
* muss sich in einer neuen Stadt zurechtfinden
* seine Familie hat keine Ahnung vom Flüsterwald oder von Magie

Ella (Mensch)

* lässt sich von niemandem aufhalten
* liebt ihren Großvater über alles
* hat viel in der Theater-AG gelernt

Felicitas (Elfe)

- zaubert gerne (was nicht immer klappt wie geplant)
- fühlt sich im Internat einsam und unternimmt deshalb öfter (verbotenerweise) Streifzüge

Punchy (Katze)

- heißt mit vollem Namen: Pedora Ulinde Naftet von Chibalka
- Aufpasserin von Felicitas
- hat Nerven aus Stahl

Rani (Menok)

- Nachwuchsautor, forscht über Menschen
- spielt für sein Leben gerne und ist schokoladensüchtig

Inhalt

Prolog

Der Sog erfasste Ella und riss sie mit sich fort. Eben hatte sie noch auf der Plattform der Blinzelbahn für die fernen Wälder gestanden, schon verließ sie den Flüsterwald.

Sie war allein am Samstagnachmittag hierhergekommen, einen Tag nachdem Lukas und sie von ihrem Abenteuer aus dem Katzenwald zurückgekehrt waren. Die geheimnisvollen Andeutungen der Seherkatze hatten ihr keine Ruhe gelassen. Was hatten sie und die anderen nur übersehen? Dann hatte die Zauberin aus dem Hinterhalt zugeschlagen. Genau in dem Moment, als Ella das Rätsel löste und die Zusammenhänge verstand. Sie wusste jetzt, welche Waldseele das Einfallstor sein sollte.

Doch es war zu spät.

Sie konnte die Information mit niemandem mehr teilen. Ella wurde durch die Verbindung in die fernen Flüsterwälder gewirbelt – wie ein Korken in einem wilden Fluss. Dann stoppte die Passage abrupt. Für eine Sekunde hing sie zwischen den Wäldern. In der zweiten Hälfte des Weges veränderte sich gewöhnlich die Reise mit der Blinzelbahn: Sie passte sich den Besonderheiten des entsprechenden Ankunftswaldes an.

Die Reise zum Katzenwald hatte die Blinzelbahn zu Katzenlinien werden lassen.

Und hier?

Ella spürte Wärme und Behagen, als es weiterging. Sie gähnte, döste ein. Bis sie den fernen Flüsterwald erreichte. Mit einem Purzeln landete sie auf dem Boden, wurde von Magie erfasst und weitertransportiert, bevor sie richtig zu sich kam. Der Ruck, der sie bei ihrer endgültigen Ankunft erwartete, vertrieb jeden Schlaf.

Vor ihr stand ein wütend dreinschauender Junge.

Er nahm ihre ganze Aufmerksamkeit in Anspruch, daher sah sie den Schlag von rechts nicht kommen. Sie wurde getroffen und ging zu Boden.

Ein seltsamer Morgen

Lukas

Müde und gelangweilt starrte Lukas in Richtung Tafel, wo Herr Rechbit mit der Kreide Diagramme aufmalte. Normalerweise mochte Lukas den Informatikunterricht, doch heute war alles anders.

Zum einen ghostete Ella ihn seit gestern, was so gar nicht zu ihr passte: Sie antwortete nicht auf seine Nachrichten und ging nicht an ihr Smartphone. Leider war er selbst heute Morgen so spät zur Schule gekommen, dass er keine Gelegenheit gehabt hatte, sie auf dem Gang abzupassen.

Zum anderen hatte Herr Rechbit beschlossen, ihnen ausgerechnet in der heutigen Stunde die Theorie von einfachen Strukturdiagrammen nahezubringen, weshalb die Rechner nicht angeschaltet werden durften.

Lukas hätte liebend gerne gegen die Anordnung verstoßen, um Ella eine E-Mail zu schreiben, aber die letzte Aktion dieser Art hatte ihm ein ganzes Schuljahr Theater-AG eingebracht. Wer konnte schon ahnen, was sich Konrektorin Abeni ausdenken würde, wenn sie dieses Mal über seine Strafarbeit entschied. Direktor Arnold war mittlerweile die Nettigkeit in Person, da machte Lukas sich weniger Sorgen.

»Und deshalb nennt man das? Na, irgendwer?«, fragte Herr Rechbit.

Lukas konnte spüren, wie sein suchender Blick auf ihn einschwenkte.

Und tatsächlich sagte der Lehrer: »Lukas?«

Er hätte die Antwort sicher gewusst, leider kannte Lukas die Frage nicht. Er blickte auf die Kreidestriche an der Tafel und versuchte, die Problemstellung daraus abzuleiten. Er wollte Herrn Rechbit, der ihn hoffnungsvoll anschaute, nicht enttäuschen. Denn normalerweise konnte Lukas im Informatikunterricht immer eine Antwort geben, ganz im Gegensatz zu seinen Mitschülerinnen und Mitschülern.

Glücklicherweise erklang genau in diesem Augenblick

ein energisches Klopfen an der Tür. Kurz darauf streckte Konrektorin Abeni den Kopf herein. Wie immer glänzten ihre schwarzen Locken gepflegt und fielen gleichzeitig luftig um ihr Gesicht. Sie trug einen blauen Bleistiftrock und dazu passende Saphirohrringe.

»Entschuldigen Sie die Störung, Herr Kollege, aber ich müsste Ihnen Lukas kurz entführen.« Sie winkte ihm auffordernd zu.

Glücklicherweise waren Lukas' Reflexe durch zahlreiche Abenteuer im Flüsterwald trainiert, weshalb er lediglich fünf Sekunden mit offenem Mund in Richtung der Konrektorin starrte. Als er sich anschließend auf den Weg zur Tür aufmachte, überlegte er, ob er versehentlich etwas ausgefressen hatte. Aber nein, ihm wollte nichts einfallen.

»Guten Morgen!«

»Guten Morgen, Lukas!« Frau Abeni schloss die Tür hinter ihm. »Wir gehen direkt in mein Büro. Und keine Sorge, du steckst nicht in Schwierigkeiten.«

Sie eilte davon und Lukas – so schnell er konnte – hinterher. Die Aussage weckte seine Neugierde. Wenn es hier nicht um ihn ging, was war dann los?

Nachdem Lukas einen gefühlten Sprint hinter sich gebracht hatte, öffnete Konrektorin Abeni die Tür zu ihrem Büro. Lukas trat ein und starrte verblüfft auf Direktor

Arnold, der tröstend die Hand von niemand anderem als Ellas Mutter hielt! Und sie wiederum seine, ebenfalls tröstend.

»Es ist so schrecklich«, sagte der Direktor mit Tränen in den Augen. »Ich fühle mit Ihnen.«

Was eindeutig der Wahrheit entsprach.

»Wir schaffen das schon«, sagte Frau Simbach mit brüchiger Stimme und tätschelte ihm die Hand. »Ella geht es bestimmt gut.« Die letzten Worte brachte sie stockend hervor und es wirkte eher, als wollte sie sich selbst überzeugen.

»Was ist mit Ella?!«, platzte es aus Lukas heraus.

Seitdem der Schattenzwilling nicht mehr mit dem Direktor verbunden war, war dieser überaus freundlich und emotional. Das betraf auch seine Anteilnahme.

»Deine Freundin ist verschwunden«, erklärte Konrektorin Abeni. »Deinem überraschten Gesichtsausdruck entnehme ich, dass das auch für dich neu ist.«

»Sie hat seit gestern nicht mehr auf meine Nachrichten geantwortet«, erwiderte er. »Ich wollte sie in der Pause fragen, was los ist.«

Frau Simbach stand auf und trat zu ihnen. »Lukas, wann hast du Ella zuletzt gesehen?«

Er schluckte. Die Wahrheit wäre Folgendes gewesen: »In der Nacht von Freitag zu Samstag, als wir Ellas Blinzelmagie und meine Siegelmagie eingesetzt haben, um zum Katzenwald zu reisen. Dort hat eine böse Zauberin alle Katzen versteinert und mithilfe der Schöpfungsapparatur die Magie sämtlicher Flüsterwälder über die Blinzelbahnverbindungen abgesaugt. Aber wir haben ihren Meisterschlüssel zerstört und damit die Verbindungen zu den fernen Wäldern unterbrochen. Deshalb kann sie ihre Schöpfungsapparatur nur noch in *einem* Wald einsetzen. Als Nächstes werden wir die Apparatur zerstören, dann ist alles wieder gut.«

Aber das konnte Lukas den Erwachsenen wohl kaum sagen. Sie hätten ihn für verrückt erklärt. Außerdem hätte er dann von dem geheimen Raum auf seinem Speicher erzählen müssen – und von dem Flüsterpulver, mit dessen Hilfe die magischen Bewohner des Flüsterwaldes für Menschenaugen überhaupt erst sichtbar wurden.

»Wir waren am Freitagabend spazieren«, sagte er daher schnell und berichtete, dass er seitdem auch nichts mehr von Ella gehört hatte.

Stille senkte sich herab und die Unruhe im Blick von Frau Simbach nahm zu. Direktor Arnold trötete in ein Taschentuch.

»Ich kontaktiere die Polizei«, sagte Frau Abeni schließlich. »Lukas, du gehst bitte wieder in deine Klasse zurück.«

»Mach dir keine Sorgen«, fügte Frau Simbach an Lukas

gewandt tröstend hinzu, auch wenn ihre geröteten Augen genau das Gegenteil ausdrückten, »wir finden Ella und alles wird gut.«

Lukas hatte das Gefühl, dass sie ihn zu beruhigen versuchte, sich in Wahrheit aber selbst das Schlimmste ausmalte. Er nickte vorsichtig lächelnd und verließ mit hängenden Schultern das Büro, während die Erwachsenen eifrig diskutierten und die Konrektorin nach dem Hörer des Telefons auf ihrem Schreibtisch griff.

Sobald Lukas außer Sichtweite der Sekretärin war, rannte er los. Keuchend erreichte er sein Klassenzimmer, wo die Informatikstunde gerade zu Ende ging. Er eilte zu seinem Platz, packte seinen Rucksack und flitzte wieder hinaus. Normalerweise hätte jetzt noch eine Stunde Deutsch angestanden (was er sehr mochte), gefolgt von der Theater-AG. Doch heute konnte er unmöglich still im Unterricht sitzen und warten, bis er endlich nach Hause durfte. Ella war in Gefahr, das war klar. Etwas musste passiert sein, immerhin hatte sie am Samstag noch mehrfach versucht, ihn anzurufen.

Doch weil er mit seiner Mutter, seinem Vater, seiner kleinen Schwester Lisa und Tante Stefanie Brettspiele gespielt hatte, war Lukas nicht ans Handy gegangen. Jetzt machte er sich Vorwürfe.

Falls Ella im Flüsterwald war, wäre es auch nicht möglich, sie über ihr Smartphone zu orten. Technik verhielt sich zwischen den magischen Wipfeln der Bäume äußerst unberechenbar.

Lukas gab alles und erreichte nach einem Zwanzigminutensprint das alte Herrenhaus am Stadtrand von Winterstein. Lisa war noch in der Schule, sein Vater als Lehrer sowieso, und da seine Mutter heute zum ersten Mal Meditationsunterricht geben würde, musste Lukas nicht vorsichtig sein. Niemand würde sich darüber wundern, dass er schon so früh zurück war.

Er friemelte den Schlüssel ins Schloss und riss die Haustür auf. Die Turnschuhe behielt er gleich an, wandte sich der Treppe zu und stürmte die Stufen hinauf.

Er musste so schnell wie möglich die geheime Tür hinter dem Bücherregal öffnen, hinauf auf den Speicher und von dort mittels Portalstanduhr in den Flüsterwald. Die Bewohner schliefen zwar alle noch – denn am Tag war für sie Schlafenszeit, während sie in der Nacht wach waren –, aber Professor von Thun arbeitete bestimmt schon in seiner Werkstatt. Und das Herz des Waldes würde ebenfalls helfen können. Und …

»Lukas?« Verblüfft sah Tante Stefanie auf. »Was machst du denn hier?«

Sie saß auf der breiten Fensterbank, ein Buch in der Hand.

Lukas hatte seine Tante vollkommen vergessen gehabt. Wie kam er jetzt an ihr vorbei auf den geheimen Speicher?

Wo ist Ella?

Lukas

»Ich mache mir Sorgen um eine Freundin.«

Lukas hatte beschlossen, seiner Tante die Wahrheit zu sagen – zumindest bis zu einem gewissen Punkt. Natürlich würde er nichts vom Flüsterwald erzählen. So berichtete er, dass Ella verschwunden war.

»Das wird sich hoffentlich schnell klären, ich kann mir kaum vorstellen, dass hier in Winterstein etwas Schlimmes passiert.«

Tante Stefanie war in eine Decke eingewickelt und schloss jetzt das Buch über Ernährung, in dem sie gelesen hatte. Hier im Haus trug sie nicht ihre kniehohen Stiefel und den langen Mantel, stattdessen hatte sie eine bequeme Jeans und einen weißen Pullover übergezogen. Am Boden stand eine dampfende Tasse Tee. Jetzt wand sie sich aus der Decke und legte sie beiseite. Nachdem sie sich ausgiebig gereckt und gestreckt hatte, erhob sie sich.

»Weißt du was, ich mache dir auch einen Tee. Vielleicht fällt uns gemeinsam ja ein, wo Ella hingegangen sein könnte.«

Davon hatte Lukas eine ziemlich genaue Vorstellung. »Gute Idee«, sagte er dennoch zustimmend und nickte eifrig.

Tagsüber hielt sich Tante Stefanie seit ihrer Ankunft letzte Woche meist im Wohnzimmer auf, während sie nachts in Lukas' Zimmer schlief. Ein Gästezimmer besaßen sie ja leider nicht. Angeblich wollte sie zwei oder drei Wochen bleiben, was vermutlich davon abhing, wie gut sie sich mit Lukas' Mutter verstand und ob die beiden wieder aneinandergerieten.

Lukas wartete, bis das Knarzen der Treppenstufen verklang. Natürlich konnte er nicht einfach nur Tee trinken und mit Tante Stefanie in Ruhe über Ellas Aufenthalt spekulieren. Flink zog er an dem falschen Buch in seinem Regal, das den Mechanismus der Geheimtür auslöste und einen Teil des Regals nach außen klappen ließ. Dahinter führten Stufen in die Höhe. Schnell sprang er auf die Treppe, schloss den geheimen Zugang wieder und eilte hinauf. Tante Stefanie würde sich sicherlich wundern, wo er abgeblieben war, und dann hoffentlich vermuten, dass er sich allein auf die Suche gemacht hatte. Es tat ihm natürlich leid, einfach so abzuhauen, aber auf diese Weise konnte er Ella am schnellsten helfen.

Auf dem Speicher schlüpfte er in seine Abenteuerkleidung: Sneaker mit wärmendem Futter auf der Innenseite, ein Ersatzhoodie und eine dicke Winterjacke. Dazu kam der Rucksack mit seiner Standardausrüstung. Noch während er diesen festzurrte, schob er die Zeiger der geheimen Standuhr auf fünf vor zwölf. Das Portal baute sich auf. Lukas bestreute sich selbst mit Flüsterpulver und sprang in den farbigen Wirbel der Standuhr.

Einen Wimpernschlag später stand er im Baumhaus, das sich im magischen Flüsterwald befand.

»Was ist passiert?«, wurde er von einer aufgelösten Felicitas ohne Begrüßung empfangen.

Die Elfe war lediglich unterarmlang und trug bei jeder Temperatur ein Kleid. Ihr magischer Elfenstaub hielt sie dauerhaft warm.

»Woher wusstest du, dass ich komme?«, fragte Lukas verdutzt.

Sie hob ihr rechtes Handgelenk mit dem Tattoo darauf in die Höhe. Es zeichnete Lukas, Ella, Felicitas, Rani und Punchy als Beschützer des Waldes aus und verband sie miteinander. Das Tattoo bestand aus einem Kreis, auf dem jeder von ihnen durch ein Symbol abgebildet war. Das Herz des Waldes vermochte es ebenfalls, sie darüber zu kontaktieren.

»Ich konnte über das Tattoo deine Angst spüren«, erklärte sie. »Deshalb habe ich mich mitten am Tag, während alle anderen schlafen, aus dem Internat geschlichen.«

»Du solltest auch schlafen, Prinzessin«, meldete sich nun Punchy zu Wort. Die Katze, deren Aufgabe es war, Felicitas zu beschützen, wich ihr so gut wie nie von der Seite.

Plötzlich erklang ein Schnarchen. Es kam aus Richtung der aufgeschichteten Kissen, wo normalerweise Punchy lag. Lukas sah braunes Fell, das zwischen den bunten Kissen hervorlugte.

»Ist das Rani?«, fragte er.

Felicitas nickte eifrig. »Als ich deine Angst gespürt habe, habe ich habe mich zu ihm in den Bau teleportiert. Da war es ganz schön eng und beinahe wäre ich bei Pera gelandet. Zuerst wollte Rani nicht mit, doch dann habe ich ihm Schokolade versprochen – sobald wir das Abenteuer überstanden haben.«

Rani war ein knuffiges Kerlchen, leider aber auch ziemlich eingenommen von sich selbst. Er reichte Lukas gerade mal bis zum Knie, sah aus wie eine Kreuzung aus Biber und Hamster (was man ihm niemals sagen durfte, er mochte Hamster nicht) und besaß einen Greifschwanz. Die Schokolade durfte er natürlich erst nach dem Abenteuer bekommen, weil er sonst umgehend einschlief.

»Er ist wohl wirklich sehr müde«, meinte Lukas mit Blick auf den Kissenberg.

Felicitas hüstelte. »Weißt du, Lukas, er hat gerade einen Schlafschub.«

Punchy schlug sich bei ihren Worten die Pfote gegen die Stirn und wirkte, als stünde ihnen allen etwas Schreckliches bevor.

»Das ist egal, wir müssen sofort zur Herzburg. Ella ist verschwunden«, sagte Lukas hastig. »Ihr wisst doch noch, dass die Seherkatze im Katzenwald ihr gesagt hat, dass der Blick der Zauberin auf ihr ruhen würde.«

»Du glaubst, ihr ist etwas passiert?«, hauchte Felicitas mit großen Augen.

»Ella würde niemals einfach so abhauen.«

Die Elfe berührte die Tätowierung an ihrem Arm und schloss die Augen. »Ich kann sie nicht fühlen.«

»Vielleicht kann das Herz sie finden.« Lukas wandte sich

den Kissen zu. »Wir wecken Rani und dann blinzeln wir uns zur Herzburg.«

»Warte!«, rief Felicitas noch.

Doch Lukas machte sich zu viele Sorgen um Ella, um nur einen Moment länger verstreichen zu lassen. Er zog die Kissen beiseite, zwischen denen der Menok eingerollt schlief wie ein Baby.

»Rani«, sagte er sanft. »Wach auf!«

Der Menok blinzelte. »Lukas?« Rani richtete sich auf und kratzte sich mit dem Greifschwanz am Kopf. »Lukas!« Ein Strahlen erhellte das pelzige Gesicht mit der Knubbelnase. »Du siehst lustig aus.« Er griff nach vorne, zog mit beiden Pfotenhänden Lukas' Lippen auseinander und blickte in seinen Mund. »Ich wollte schon immer wissen, wie es da drinnen aussieht. Hihi.«

»Wach macht gu ga?«, fragte Lukas mit offenem Mund.

Felicitas stöhnte auf. »Er hat doch jetzt seine Schubwochen. Du erinnerst dich … der P.I.C.K.E.L.«

Die Elfe versuchte, das Wort Pickel mit sehr vielen Pausen zwischen den Buchstaben auszusprechen, damit Rani es nicht verstand. Beim letzten Mal hatte allein die Andeutung, er könnte einen haben, seine Laune sinken lassen. Felicitas hatte Lukas erklärt, dass Menoks in den Schubwochen abrupten Emotionsschwankungen unterworfen waren. Mal waren sie grummelig, mal lustig, mal heldenhaft und mal dauermüde.

Bevor Lukas auf die Information reagieren konnte, schnellte Ranis Greifschwanz vor. Er packte Lukas' Zunge und zog daran. »Wie weit geht die raus?« Er kicherte.

Lukas befreite sich von dem Greifschwanz und machte einen Schritt zurück. »Ist das ein Frechheitsschub?«

»Nein, ein Spaßschub«, erklärte Felicitas. »Er wird uns jetzt die ganze Zeit Streiche spielen und alles witzig finden.«

»Na toll, gerade jetzt. Egal, wir müssen zur Herzburg.«

»Oh ja!«, rief Rani. »Das Herz strahlt immer so lustig.«

Er schoss zur Tür im Baumstamm, öffnete sie und war bereits auf dem Weg nach unten, während Lukas, Felicitas und Punchy ihm noch hinterhersahen.

»Na ja, es könnte wohl schlimmer sein«, murmelte Lukas.

»Das stimmt«, sagte Felicitas. »Warte, bis du seine Schlechte-Laune-Schübe abbekommst. Oder die Heldenschübe, da müssen wir wirklich auf ihn achtgeben. Da stellt er sich auch gerne mal vor einen Pitchi-Ball, der angesaust kommt.«

Punchy, Felicitas und Lukas eilten hinter Rani die Stufen hinunter zur Blinzelbahn. Auf dem Weg warf Felicitas Elfenstaub über Lukas, woraufhin seine Ohren spitz zuliefen. Damit ihn niemand im Flüsterwald als Mensch erkannte, bekam er stets Elfenohren gezaubert. Er nahm es jedoch nur am Rande wahr, so sehr hatte er sich mittlerweile daran gewöhnt. Seine Gedanken waren bei Ella. Sie mussten sie so schnell wie möglich finden. Das Herz kannte bestimmt eine Antwort.

Unten angekommen hatte der Menok aus den herumstehenden Tischen und Stühlen einen ziemlich wackeligen Hügel gebaut, war hinaufgeklettert und versuchte jetzt, die an der Decke hängende magische Blinzelkugel zu kitzeln.

»Rani, hör auf!«, rief Felicitas.

»Aber ein wenig Lachen tut der Blinzelbahn gut«, entgegnete der Menok.

Leider war er dadurch so abgelenkt, dass der gesamte Aufbau kippte.

Felicitas ließ Feenstaub wirbeln und fing Rani in der Luft auf. Die Möbel polterten und krachten zu Boden. Der Menok flatterte mit seinen Armen. »Ich bin ein Flugmenok.«

»Es ist vielleicht doch schlimmer, als ich dachte«, gab Lukas zu.

Dennoch stellte er sich auf das Podest der Blinzelbahn.

Felicitas justierte das Ziel, hielt Rani in der magischen Schwebe und blinzelte.

Die Reise zur Herzburg verlief ohne weitere Zwischenfälle.

Doch was das Herz ihnen enthüllte, ließ Lukas innerlich erschauern.

Gefangen

Ella

»Du hättest nicht so hart zuschlagen müssen«, hörte Ella die Stimme eines Jungen, als sie langsam wieder zu sich kam.

Ella blinzelte. »Aua.«

»Sie ist wach!« Ein Mädchen stand mit verschränkten Armen an der Wand. Wütend wandte sie sich Ella zu. »Dann erkläre uns jetzt mal, was du hier tust. Arbeitest du mit den Katzen zusammen?«

»Katzen? Was? Nein …«, murmelte Ella, die immer noch etwas benommen von dem Schlag war. Langsam rappelte sie sich auf. »Die böse Zauberin hat mich entführt und plötzlich bin ich hier gelandet. Wo genau ist hier, wenn wir schon mal dabei sind?«

Ella ließ den Blick über ihre Umgebung schweifen und versuchte, sich zu orientieren. Sie stand in einer steinernen Zelle, ähnlich einem Verlies. Es gab keine Türen, dafür ein großes Fenster, das einen Ausblick auf dichtes Grün bot.

»Magisch imprägniert«, warf das Mädchen ein, das ihrem Blick gefolgt war, und nach Ellas Antwort deutlich besänftigter wirkte. »Unzerstörbar.« Sie trug enge Jeans und ein ärmelloses Top. Um ihren Hals hing eine Kette aus verschiedenfarbigen Holzkugeln, das Haar fiel ihr in braunen Locken bis zur Schulter. »Ich bin Zoe.« Sie wirkte wie ein Sturm, der kurz davor war, mit seiner ganzen Kraft loszubrechen.

»Ella.«

Der Junge stand an der Seite. Das dunkle Haar trug er modisch geschnitten: an der Seite kurz, oben lang. Seine Klamotten bestanden aus verschlissenen Jeans, einem Shirt mit Schnüren am Kragen und Sneakers. Sein linkes Handgelenk zierte ein Lederarmband, in das Holzperlen geflochten waren. »Ich bin Noah.« Er wirkte wie ein Stein in einem Bach, der von Wasser umspielt wurde, sich davon aber nicht beeindrucken ließ.

»Mein Bruder.« Zoe nickte mit dem Kopf in seine Richtung.

»Adoptivbruder«, ergänzte dieser. »Im Herzen sind wir eine Familie, aber durch mich fließt das Blut meiner Ahnen, die seit Anbeginn den australischen Kontinent bewohnen. Mein wahrer Name ist Djalu.«

Ella hatte bereits vermutet, dass sie sich im australischen Flüsterwald befand. Die Prophezeiung der Seherkatze, die Anspielungen auf den großen Felsen gemacht hatte, hatte sie auf den *Ayers Rock* gebracht oder auch *Uluru*, wie er von den Ureinwohnern genannt wurde: der gewaltige rote Berg, für den Australien unter anderem bekannt war. »Ich komme aus dem Flüsterwald in Deutschland«, erklärte Ella.

Sie erinnerte sich daran, dass sie im Erdkundeunterricht auch Australien durchgenommen hatten. Der Zeitunterschied betrug zwischen neun und zehn Stunden. Ihr Zeitgefühl war vollkommen durcheinander. Vor dem Fenster brach der Abend herein, in Deutschland musste es also noch Morgen oder früher Vormittag sein.

»Ihr seid auch Gefangene?«, schlussfolgerte Ella mit Blick auf das Kellerverlies. »Hast du mich deshalb geschlagen?«

Zoe schürzte die Lippen. »Tut mir leid. Ich dachte, du arbeitest für die Zauberin und wärst diese Katze mit dem zotteligen Fell, die immer mal wieder nach uns sieht.«

»Zottelfell?!«, entfuhr es Ella.

Sie hatte den Anführer der Angreiferkatzen bereits kennengelernt, sogar schon gegen ihn und seine Truppe gekämpft. Mittlerweile wusste sie jedoch, dass die bösen Katzen in Wahrheit verwandelte Flüsterwaldwesen waren, die ihre Herkunft nicht länger kannten und eine Wesensveränderung durchgemacht hatten. Ein gefährlicher Trank hatte das bewirkt. Genau das berichtetet Ella den beiden Geschwistern. Ebenso erzählte sie von der deaktivierten Blinzelbahn in die fernen Länder und dem Schwinden der Magie in ihrem Flüsterwald.

»Bei uns hat es genauso begonnen«, erklärte Zoe. »Zuerst wurden magische Tränke schwächer, Zauber funktionierten nicht mehr und schließlich …« Sie sah zu Boden.

Ella glaubte zu wissen, was weiter geschehen war, ließ den beiden aber Zeit.

»Die ersten Geschöpfe unseres Flüsterwaldes wurden zu Stein«, erklärte Noah. »Es waren jene, die am meisten mit der Magie verbunden sind. Sie hatten plötzlich keine mehr und das hat sie versteinert.« Er schnippte mit den Fingern. »Einfach so. Und jetzt geht es immer schneller.«

Ella berichtete den Geschwistern, dass dic Zauberin mithilfe der Schöpfungsapparatur die Magie aus den Flüsterwäldern abzog. Die Schöpfungsapparatur war vor langer Zeit von den Blinzelingenieuren gebaut worden, um einen gänzlich neuen Flüsterwald zu erschaffen, nämlich den

Katzenwald. Die Zauberin hatte die Apparatur hingegen magisch so verändert, dass sie damit Magie einsaugen konnte. Und solange die Schöpfungsapparatur an die Blinzelbahnverbindung zu den fernen Wäldern angeschlossen war, hatte sie Magie aus sämtlichen Flüsterwäldern entziehen können.

»Bei uns nutzen wir die Traumzeitpfade, um zu reisen«, erklärte Noah. »Du setzt dich zwischen die Kissen und einen Kurztraum später bist du am Ziel.«

Deshalb war Ella also mitten in der Passage eingeschlafen. In jenem Augenblick hatte sich die Blinzelbahnverbindung in einen Traumzeitpfad verwandelt.

»Wir haben den Meisterschlüssel zerstört, der die Schöpfungsapparatur an die Verbindungen zu den fernen Wäldern anschloss«, erklärte Ella. »Deshalb musste die Zauberin einen anderen Weg suchen, um Magie abzuziehen.«

Noah blickte bedrückt aus dem Fenster. »Und wir waren ein leichtes Spiel. Du musst wissen, dass es hier bei uns in Australien oftmals zu Waldbränden kommt – vor allem außerhalb des Flüsterwaldes. Darunter leiden die Tiere, die Pflanzen, gewaltige Felder werden zu Asche. Unsere Waldseele – sie wohnt im *Uluru*, dem roten Felsen – versucht stets, dem Feuer Einhalt zu gebieten. Gleichzeitig muss unser Flüsterwald aber davor bewahrt werden, dass das

Feuer übergreift. Zoe und ich leben bei unseren Eltern auf einer Farm außerhalb des Flüsterwaldes.«

»Die Waldseele ist geschwächt«, übernahm Zoe. »Sie konnte sich von den letzten Feuern noch nicht wieder erholen. Die Zauberin muss das ausgenutzt haben. Vor zwei Tagen haben wir den Kontakt zum roten Felsen verloren. Noah und ich sind Beschützer des Flüsterwaldes, deshalb haben wir uns Sorgen gemacht. Als wir nachsehen wollten, was los ist, haben uns im Flüsterwald Katzen überwältigt und hier eingesperrt.«

Die Zauberin hatte also bereits ausgekundschaftet, welches die schwächste aller Waldseelen war, während der Kampf im Katzenwald noch tobte. Als sie den Zugang zu den Blinzelbahnverbindungen dann verloren hatte, war sie direkt mit ihren Katzen nach Australien gereist. Und da die Seele des roten Felsens zum Seelenbund gehörte, hatte sie darüber vermutlich auch einen Zugriff auf die anderen Waldseelen. Auf alle Seelen, alle Wälder – mit Ausnahme ihres Flüsterwaldes in Deutschland. Denn das Herz war noch nicht wieder Teil des Seelenbundes geworden.

»Bestimmt suchen Mom und Dad längst nach uns«, sagte Noah. »Sie machen sich doch ständig Sorgen. Und da sie nichts vom Flüsterwald wissen, werden sie annehmen, dass uns etwas in der Wildnis zugestoßen ist.«

»Vielleicht stecken sie aber auch gerade bis zum Hals in Arbeit und machen die Ranch feuerfest. Als ob das etwas helfen würde. Beim letzten großen Band hätten wir beinahe alles verloren. Aber wenigstens bemerken sie dann erst einmal nicht, dass wir weg sind.«

Ella lauschte gebannt. Sie wusste natürlich um die schrecklichen Feuer in Australien. Es war sehr häufig in den Nachrichten gewesen, mit verheerenden Bildern. Die Menschen und Tiere taten Ella so sehr leid.

»Die Natur schreit auf«, sagte Noah. »Sie schleudert Flammen und Wind, Beben und Wasser. Sie wehrt sich gegen die Maschinen aus Metall, die die Erde aufreißen. Gegen Gifte, die versprüht werden. Gegen so viele Dinge, die ihr angetan werden. Wir werden die Ranch Jahr um Jahr verteidigen, um die Pferde zu schützen, und jedes Tier, das Zuflucht sucht. Aber am Ende werden wir nicht gewinnen.«

Zoe schnaubte. »Vielleicht lassen wir lieber den Blick in die düstere Zukunft und wenden uns der Gegenwart zu. Wir stecken in einer verdammten Zelle und der Flüsterwald versteinert. Das ist auch eine Art Feuer, das nichts zurücklässt. Muss ich dich an Zara erinnern?!«

Noah blickte zu Boden.

»Wer ist Zara?«, fragte Ella.

»Na ja, wir sind Menschen wie du, haben aber zwei Flüsterwald-Gefährten. Zara ist eine davon, sie ist eine Geisterelfe und besteht vollständig aus Magie.« Zoe breitete die Arme in einer hilflosen Geste aus. »Und jetzt aus Stein.«

Ellas Herz wurde schwer. Wenn die Magie weiter in dieser Geschwindigkeit entrissen wurde, blieben von den Flüsterwäldern nur noch Steinwüsten übrig. Vollgepackt mit Statuen würden sie zu Stillleben werden.

Und sobald die Zauberin einen Weg in den Flüsterwald mit der Herzburg gefunden hatte, würde Felicitas eine der Ersten sein, die zu Stein erstarrte.

Am Ende blieb nichts zurück.

Katzenhafter Besuch

Ella

Ella konnte bei diesen Aussichten nicht länger tatenlos herumsitzen und begann, die Zelle gründlich zu untersuchen.

Immerhin liebte sie Detektivgeschichten, in denen die Heldinnen und Helden auch ständig in derlei Situationen gerieten. Meist fanden sie einen pfiffigen Ausweg, allerdings war in den Büchern keine Magie im Spiel.

»Wir haben bereits alles versucht«, sagte Zoe. Sie hatte sich inzwischen auf dem Steinboden im Schneidersitz niedergelassen. Noah stand an der Scheibe und blickte sehnsuchtsvoll hinaus.

Ein Gefühl der Machtlosigkeit machte sich im Raum breit.

Ohne Hilfe würden sie aus dieser Falle nicht mehr herauskommen. Ella fluchte lautlos und lehnte sich gegen die Wand. Wenigstens konnte sie die Zeit nutzen, um sich mit Noah und Zoe auszutauschen und die beiden Geschwister näher kennenzulernen. »Wie seid ihr zu Beschützern dieses Flüsterwalds geworden?«

»Ich habe eines Tages am *Uluru* meditiert«, erzählte Noah. »Da hat der Wind ein Echo zu mir getragen. Dundi steckte in einer Felsspalte fest. Er ist ein Regenbogengürteltier und mittlerweile unser Freund und Flüsterwald-Gefährte. Ich habe ihn aus der Felsspalte befreit. Und nachdem ich mich von meiner Verwunderung erholt hatte, dass er sprechen kann, haben wir eine Weile geplaudert. Zwei Tage später hatte er Zara dazugeholt und ich Zoe. Ich mixte uns Flüsterstaub und so konnten wir den Wald betreten.«

»Wir sagen Flüsterpulver.« Ella ergänzte ihre eigenen Erfahrungen und berichtete von Lukas, Rani, Felicitas und Punchy.

»Alles fügt sich irgendwie immer wie von selbst. Wir haben eine Menge Abenteuer erlebt, und als wir einmal die Seele vor einer gewaltigen Bedrohung retteten, hat sie uns zu Beschützern gemacht. Es ist wohl bei jedem der Flüsterwälder so, dass eine Gruppe aus Menschen und magischen Wesen ernannt wird, frag mich nicht, wieso. Inzwischen haben wir auch ein paar der Beschützer aus den anderen Flüsterwäldern getroffen.«

»Oh, wie aufregend.« Ella ließ ihren Blick von Noah zu Zoe wandern.

»Auf irgendeine Weise findet sich wie durch Schicksalsfügung automatisch eine Gruppe, die irgendwann vor der Waldseele steht.« Zoe nickte versonnen.

»Durch unsere Abenteuer erhielten wir dann unsere magischen Fähigkeiten«, erklärte Noah weiter.

»Magische Fähigkeiten? Wir haben keine, wir …« Ella stockte. Letztlich war das nicht wahr.

Lukas besaß noch immer die Siegelmagie und konnte damit Schutzsphären aufbauen und generell Siegel aufheben. Ella selbst verfügte durch das Verschmelzen mit dem Meisterschlüssel über Blinzelmagie, die natürlich nur in Verbindung mit der Bahn funktionierte.

Zoe grinste, als könnte sie Ellas Gedanken erraten. »So ging es uns auch. Es war eher Zufall, dass wir bestimmte Magie verliehen bekamen, aber sie ging nicht mehr fort. Und je öfter wir sie benutzt haben, desto stärker wurde sie. Außerdem können wir inzwischen leichter auf sie zugreifen.«

Ella fragte sich, was das für sie bedeutete. Wie konnte Blinzelmagie stärker werden? Sie musste unbedingt all das mit Lukas besprechen. Falls das überhaupt noch möglich sein würde. »Wenn die Zauberin uns hier weiter gefangen hält, wird bald alles versteinert sein.«

»Euer Wald nicht«, gab Zoe zu bedenken.

»Die Zauberin hat mir erzählt, dass sie mich benutzen wird, meine Magie«, erklärte Ella. Doch warum genau sie ihre Magie brauchte, war ihr auch noch nicht ganz klar. Über den roten Felsen hatte die Zauberin ja Zugang zum Seelenbund. Und am Ende könnte sie die Schöpfungsapparatur einfach in den Herzwald bringen und dort die restliche Magie absaugen.

Letztlich konnte die Zauberin nämlich problemlos zwischen den Flüsterwäldern hin und her wechseln. Ella wusste nicht, wie, doch sie hatten es im Katzenwald selbst erlebt. Zuerst bildete sich dieser stinkende Nebel, dann erschien sie. Oder verschwand. Zudem hatte sie auch die Schöpfungsapparatur vom Katzenwald in den australischen Flüsterwald transportiert.

»Welche Magie besitzt du denn, die sie benutzen will?«, fragte Noah neugierig.

»Durch eine Verschmelzung mit dem Meisterschlüssel der Blinzelingenieure kann ich die Verbindung der Blinzelbahn zu den fernen Flüsterwäldern öffnen«, erwiderte Ella.

Zoe starrte sie mit offenem Mund an. »Das ist Blinzelmagie. Sie ist überaus stark und existiert nur in eurem Flüsterwald. Davon habe ich im Unterricht gelesen!«

»Unterricht?«, echote Ella. Sie hatte eigentlich nachhaken wollen, welche Magie die beiden ihrerseits besaßen, aber irgendwie tauchten so schnell spannende neue Informationen auf, dass sie gar nicht wusste, was sie zuerst fragen sollte.

»Unsere Archivarin unterrichtet uns in der Geschichte der Flüsterwälder und der Magie«, erklärte Noah. »Manchmal haben wir auch Sammelunterricht mit anderen Beschützern. Aber was Zoe sagt, ist richtig. Blinzel uns doch einfach hier raus.«

Ella stellte es sich toll vor, Unterricht im Flüsterwald zu haben. Vielleicht konnten sie und Lukas mit dem Herzen sprechen, ob sie auch mehr lernen durften. Der Chronist würde sie bestimmt gerne unterrichten. »Ich kann die Magie doch nicht einfach so einsetzen. Oder?«

Zoe seufzte schwer. »Wenn du es bisher noch nicht getan hast, wird es wohl dauern, bis die Magie sich weiter in dir verankert hat.«

Bei Lukas war es auch so gewesen, erinnerte sich Ella.

Zuerst hatte er nur Siegel öffnen können. Doch im Katzenwald, als eine Lawine sie begraben hatte, hatte er erstmals eine Schutzsphäre um sie herum aufgebaut.

Sollte das etwa bedeuten, dass Ella sich irgendwann einfach so ohne Blinzelbahn woandershin blinzeln konnte?

»Dieser Ausweg scheidet also ebenfalls aus«, schloss Noah.

»Meine Freunde werden sich etwas einfallen lassen«, sagte Ella. »Lukas, Rani, Felicitas und Punchy finden einen Weg.«

Doch dazu mussten sie natürlich erst einmal erfahren, dass Ella fort war und wo sie sich befand. Außerdem hatten sie allein keinen Zugang zur Blinzelbahn für die fernen Flüsterwälder. Wie sollten sie die Distanz also überbrücken? Noch während sie darüber nachdachte, sank Ellas Mut. »Eure Magie kann nicht zufällig so etwas wie Fernkommunikation?«

»Wir sind leider keine lebenden Smartphones«, sagte Zoe trocken. »Die Seele im *Uluru* kann uns im Notfall rufen.« Sie tippte gegen ihr Halsband. »So etwas hat jeder von uns. Die vier Holzperlen symbolisieren uns: Noah, Zara, Dundi und mich. Wobei Noah lieber ein Armband wollte, deshalb hat er keine Kette.« Zoe lächelte. »Wenn ich diese Perle hier berühre, spüre ich die sphärische Leichtigkeit von Zara.«

Ihre Finger wanderten weiter. »Und das quirlige Glücksgefühl dieser Perle ist Dundi.« Eine Träne löste sich aus ihrem Auge und rollte die Wange herab. »Wir wissen leider nicht, was aus ihm geworden ist. Bevor wir ihn erreichen konnten, sind wir hier gelandet. Aber ich befürchte das Schlimmste.«

Noah erhob sich und nahm seine Schwester in den Arm. »Ich vermisse die beiden auch. Wir werden eine Möglichkeit finden, die Versteinerung umzukehren.«

»Und was, wenn das nicht geht?«, fragte Zoe. »Dann haben wir sie für immer verloren.«

»Daran dürfen wir nicht denken«, sagte er. »Es bringt uns nicht weiter. Dieser Kampf ist erst verloren, wenn das letzte magische Wesen zu Stein erstarrt ist, vorher nicht.«

Zoe nickte, atmete tief ein und wieder aus. Ihre Traurigkeit wich grimmiger Entschlossenheit. »Wir werden diese Zauberin besiegen.«

»Also das will ich sehen«, erklang eine süffisante Stimme. Mit einem *Wusch* sprang eine Katze aus dem Schatten in den Raum. »Hallo, Ella!«

»Zottelfell.« Ella trat auf die Angreiferkatze zu.

Wie der Name verriet, war deren Fell wie bei seinen kämpferischen Artgenossen zottelig. Bei den anderen Katzen war es zudem verklebt und im Gegensatz zu Zottelfell konnten sie die menschliche Sprache nicht mehr. So war es auch Ella ergangen, als sie bei ihrem letzten Abenteuer den magischen Trank genommen hatte, der ein Geschöpf vollständig in eine Katze verwandelte. Zu welchem Flüstervolk die Angreiferkatzen gehörten, war bisher jedoch ein Rätsel. Genauso wie die Identität der Zauberin.

»Ich denke, du hattest Zeit genug, deine ausweglose Lage zu erkennen«, sprach Zottelfell zu Ella. »Ich werde dich jetzt zur Zauberin bringen. Du bist ein wichtiger Teil in unserem Plan.«

»Ich werde euch niemals helfen!«, rief Ella.

»Alles zu seiner Zeit. Für dich wird sich gleich der Ausgang öffnen. Mach bitte keine Dummheiten, sonst wird es schmerzhaft. Das gilt auch für euch beide.« Zottelfell sah warnend in Zoes und Noahs Richtung.

Sekunden später öffnete sich der Ausgang.

Zoe handelte sofort.

Spurensuche

Lukas

Die niederschmetternde Nachricht verkündete das Herz nur wenige Sekunden, nachdem es sich als leuchtende Sphäre in seinem Thronsaal manifestiert hatte. »Ich kann Ella nirgendwo spüren. Sie befindet sich nicht in unserem Flüsterwald oder in Winterstein.«

Lukas' Magen zog sich zusammen. »Die Katzen müssen sie entführt haben. Im Auftrag der Zauberin.« Das war sogar noch schlimmer, als er befürchtet hatte.

»Das ist zu vermuten.« Der violett leuchtende Lichtball, als den das Herz sich zeigte, waberte im Takt eines Herzschlags.

Punchy und Felicitas standen neben Lukas im weiten Thronsaal der Herzburg und lauschten. Rani saß auf Lukas' Schulter und flocht ihm winzige Zöpfchen. Immer wenn Lukas mit der Hand versuchte, ihn wegzuscheuchen, wich er aus, wartete kurz und machte dann weiter.

»Aber wie hätten die Katzen das tun sollen?«, fragte Felicitas.

Lukas erinnerte sich an Ellas Nachdenklichkeit. Sie hatte vermutlich eine Spur gefunden und darüber sprechen wollen. War sie allein in den Flüsterwald zurückgekehrt?

»Ich werde meinen Geist zu den anderen Waldseelen ausstrecken, möglicherweise wissen sie mehr«, versprach das Herz. »Ich melde mich, sobald ich etwas erfahren habe.«

Der violette Ball leuchtete noch einmal auf und verblasste dann. Sekunden später war das Herz verschwunden.

»Wir müssen auch nach Ella suchen«, sagte Lukas.

Und das taten sie. Gemeinsam begaben sie sich zuerst zum Chronisten. Dazu benutzten sie den magischen Portaldurchgang, den das Herz in seiner Herzburg verankert hatte. Obwohl sich das Archiv des Chronisten in Wahrheit weit weg befand, mussten sie lediglich eine Tür passieren, um die Entfernung zu überbrücken. Doch beim Chronisten war Ella leider nicht gewesen.

Weiter ging es zur Werkstatt. Professor von Thun war entsetzt, als er von Ellas Verschwinden hörte, und nahm ihnen das Versprechen ab, nicht aufzugeben. Zudem versicherte er ihnen, dass er sich etwas einfallen lassen würde, damit seine Nichte gefunden werden konnte. Zwar waren seine Räume ebenfalls nur einen Portaldurchgang von der Herzburg weit entfernt, doch aufgrund der noch immer aktiven Fluchmagie konnte er selbst die Werkstatt nicht verlassen.

Es war Punchy, die schließlich vorschlug, als Nächstes die Blinzelbahnplattform mit der Verbindung zu den fernen Wäldern aufzusuchen. Möglicherweise war Ella dorthin gegangen, um mit ihrer Magie in die Weite der Blinzelbahnlinien hinauszufühlen.

Die vier begaben sich zur Blinzelplattform im Keller der Herzburg und blinzelten sich von dort zum Knoten für die fernen Wälder.

»Hihi«, erklang es von Lukas' Schulter, kaum dass sie ihr Ziel erreicht hatten.

Rani flitzte an Lukas herab und kicherte erneut. Vor ihnen ragte der Blinzelknoten für die fernen Wälder empor. Von hier aus führten die Verbindungen zu anderen

Flüsterwäldern. Die böse Zauberin hatte jedoch dafür gesorgt, dass niemand sie mehr benutzen konnte, indem sie den Meisterschlüssel entwendet hatte. Lediglich Ella, die mit dem Ersatzmeisterschlüssel magisch verschmolzen war, konnte die Verbindungen zu den fernen Wäldern öffnen.

Lukas seufzte. »Habe ich Zöpfchen?«

»Einige«, bestätigte Felicitas. »Steht dir gar nicht schlecht.«

Lukas friemelte an seinem Haar herum und versuchte, die verflochtenen Knoten zu lösen. »Ich hätte nie gedacht, dass ich das mal sage, aber kann er nicht bitte wieder grummelig sein und in sein Büchlein schreiben?«

»Das wird noch dauern.« Felicitas ließ sich auf Lukas' Schulter nieder, löste die Knoten und entflocht die Zöpfe. »Da kommen weitere Schubphasen.«

»Da ist ihr Smartphone!«, rief Lukas plötzlich. Während Felicitas mit seinen Haaren beschäftigt war, hatte er die Gelegenheit genutzt, sich umzublicken.

Ellas Handy lag auf dem Boden, natürlich ohne Funktion. In diesem Fall war das vermutlich sogar besser, denn hätte Ellas Mutter es geortet, hätte eine Suchmannschaft sofort die Blinzelbahn gefunden.

Punchy durchstreifte den Raum. Bei jeder Bewegung zeichneten sich unter ihrem Fell die geschmeidigen Muskeln ab. Ihre Nase zuckte. »Ich kann die Rückstände des giftigen Nebels riechen. Die Zauberin war hier oder zumindest ihre Magie.«

»Dann hat sie sich Ella geschnappt«, sagte Lukas. »Wir müssen sie befreien!«

»Das machen wir!« Rani kam zurückgeflitzt und sprang schwungvoll an Lukas hinauf. »Das wird lustig.«

Leider war der Menok weder der Schlankeste noch der Leichteste, weshalb Lukas zuerst taumelte und dann das Gleichgewicht verlor. Felicitas schwebte in dem Moment dicht hinter Lukas' Rücken. Gerade hatte sie das letzte Zöpfchen gelöst, doch sie konnte nicht mehr rechtzeitig davonfliegen. Alle drei landeten auf dem Boden.

»Rani!«, rief Lukas.

Der Menok kringelte sich vor Lachen.

Felicitas wirkte zerrupft, war darüber hinaus aber okay. »Wir haben jedoch zwei Probleme. Erstens wissen wir nicht, wo Ella sich befindet, und zweitens kämen wir ohne ihre Blinzelmagie mit der Blinzelbahn gar nicht dorthin.«

Punchy ging noch näher an die Plattform heran. »Da ist etwas, das im Geruch mitschwingt. Staub. Oder Dreck. Aber das hilft uns nicht weiter.«

Lukas hatte keine Ahnung, wie viele andere Flüsterwälder es auf der Welt gab. Doch selbst wenn es ihnen gelingen sollte, den Wald, in dem sich Ella befand, ausfindig zu machen, konnte eine Suche viele Tage oder Wochen dauern. Die Wälder waren riesig. Mal ganz abgesehen von dem Problem, wie sie überhaupt in einen anderen Wald reisen sollten. »Gibt es denn keinen Zauber, der uns hier weiterhilft?«

Felicitas seufzte und ließ ihre Schultern hängen. »Fernsuchzauber über Waldgrenzen hinweg sind sehr schwierig, musst du wissen. Man benötigt Übung darin und muss darauf spezialisiert sein. Das dauert Jahre. Mir fällt niemand ein …«

Punchy miaute.

»… fast niemand.« Felicitas ballte ihre kleinen Fäuste. »Möglicherweise eine *Person.*«

»Das ist ja super, wer?«, fragte Lukas.

Nach weiteren Sekunden grummeliger Stille sagte Felicitas: »Mirabella von Sommerlicht.«

Womit sie eindeutig ein Problem hatten. Lukas kannte die andere Elfe nicht persönlich – dafür aber aus Erzählungen. Felicitas und Mirabella waren Erzfeindinnen, die sich bei jeder Gelegenheit stritten. Allein wenn über Mirabella von Sommerlicht gesprochen wurde, verwandelte Felicitas sich von einer fröhlichen kleinen Elfe in einen rauchenden Wutkometen.

»Aber wenn sie die Einzige ist, die Ella finden kann …« Lukas wich sicherheitshalber einen Schritt zurück.

»Jaaa«, gab Felicitas sich einen Ruck. »Allerdings muss ich sie dazu natürlich überreden. Vermutlich wird sie irgendeine meiner Blumen haben wollen, damit ihre Sammlung schöner ist. Wir konkurrieren seit Jahren.«

Welch eine Überraschung!, dachte Lukas.

»Oder einen meiner Spezialzauber, die ich über Jahre entwickelt habe. Da konkurrieren wir nämlich ebenfalls.«

»Ach«, gab Lukas sich erstaunt.

»Und natürlich müssten wir uns dafür ins Internat schleichen.« Bei diesem Gedanken schien Felicitas wiederum aufzublühen. »Oh, ich könnte dir alles zeigen, Lukas. Du würdest sehen, wo wir unterrichtet werden. Und wie schön meine Blumen leuchten. Du kannst dir dann eine aussuchen.«

»Ich flechte sie in dein Haar«, bot Rani an.

Lukas spürte eine gewisse Müdigkeit, obwohl doch Tag war. »Gehen wir also?«

»Wir gehen«, beschloss Felicitas. »Oder genauer, wir blinzeln uns dorthin. Ganz in der Nähe des Internats gibt es eine Blinzelbahnhaltestelle, obwohl wir Elfen die ja eigentlich nicht brauchen. Wir fliegen oder zaubern uns ans Ziel.«

Sie wechselten zur Plattform für die Blinzelbahn innerhalb des eigenen Flüsterwalds und Minuten später hatten sie ihr Ziel erreicht. Das Internat der Elfen ragte vor ihnen empor.

Mirabella von Sommerlicht

Lukas

Felicitas ließ Elfenstaub wirbeln und schon schrumpften Punchy, Rani und Lukas. Damit war Lukas plötzlich so klein wie die Elfe – ein ungewohntes Gefühl.

Das Elfeninternat entpuppte sich als ein gewaltiger Bau aus Stein, Holz und Glas. Es wirkte gleichzeitig wuchtig-abwehrend und luftig-sphärisch. Hunderte von Türmen ragten kreuz und quer in alle Richtungen, nur Magie konnte ein so fantastisches Bauwerk zusammenhalten, das zudem in einem Meer aus Blumen thronte.

»Wie schön«, sagte Lukas.

»Es ist trotzdem ein Internat«, entgegnete Felicitas.

Ihre Eltern hatten sie einst hierhergeschickt, weil sowohl in Felinde von Siebenstern – Felicitas' Mutter – als auch in Felicitas jeweils eine Hälfte des Herzens existierte. Kamen sich beide zu nahe, explodierte die Magie mit ungeahnten Folgen. Erst nach dem Sieg über den dunklen Magier war das Herz neu erstanden und in die Herzburg ans Licht zurückgekehrt. Jetzt konnten sich Felicitas und ihre Mutter auch wieder einander annähern.

Felicitas führte sie jedoch nicht zur Eingangstür, sondern zu einem Busch, der an der Seite eines Türmchens in die Höhe wuchs. »Dahinter befindet sich mein Geheimgang.«

»Du hast einen Geheimgang?«, fragte Lukas.

»Sonst käme ich ja nicht aus dem Internat heraus, um euch zu treffen.« Felicitas streichelte den Busch. »Sei so lieb und lass mich und meine Freunde hinein.«

Die Äste des Strauchs teilten sich.

Dahinter führte ein Durchbruch in der Mauer nach unten in das Gebäude. Lukas folgte Felicitas dichtauf. Rani ließ es sich nicht nehmen, die Blätter zu kitzeln, gab aber auf, als der Busch nicht reagierte. Ein magisches Elfenlicht, beschworen von Felicitas, wies ihnen den Weg. Sie erreichten einen Kellerraum. Er war voll mit Möbelstücken, die von Tüchern verhängt waren.

Felicitas flitzte zur Tür und linste hinaus auf den Gang. »Sie schlafen alle noch. Sehr gut.«

Sie huschten über flauschige Teppiche bis zu einer Tür. Auf dieser stand mit farbigen Lettern der Name »Felicitas«. Dahinter erwartete Lukas ein Meer aus Blumen. Glaskugeln schwebten in der Luft, in ihrem Inneren leuchteten die Blumen in allen Farben des Regenbogens.

»Meine Blumensammlung«, verkündete Felicitas. »Sie haben alle magische Eigenschaften.«

Ranis Nase zuckte. »Rieche ich da Schokolade?«

»Oh.« Felicitas schlug die Hand vor den Mund. »Eine der Blumen riecht tatsächlich nach Schokolade.«

Rani verwandelte sich in einen pelzigen Blitz, sprang an einer Kugel hinauf und zupfte ein Blatt ab. Im nächsten Augenblick ähnelten seine dicken Backen denen eines Hamsters.

»Äh, es ist aber keine Schokolade«, erklärte Felicitas.

Ranis Augen wurden groß. Er spuckte die halb zerkauten Blätter wieder aus. »Es schmeckt auch nicht wie Schokolade. Aber es riecht so gut.« Er zupfte ein weiteres Blatt ab und roch verliebt daran.

»Ich hole Mirabella«, sagte Felicitas und sauste aus dem Zimmer.

Lukas ging zum Fenster und schaute hinaus. Er hatte

keine Ahnung, wie das möglich war, doch wenn der Ausblick stimmte, mussten sie sich in der Spitze eines Türmchens befinden, obwohl sie vom Kellerraum aus lediglich ein paar Schritte gelaufen waren. »Magie.«

Punchy sprang neben ihn, leckte ihre Pfoten und folgte seinem Blick. »In den Gang im Keller war tatsächlich Magie eingewoben. Sie hat dafür gesorgt, dass wir hier oben im richtigen Stockwerk ankommen.«

Hinter ihnen knallte die Tür.

Lukas fuhr herum. Doch es waren nicht Felicitas und Mirabella, die eingetreten waren, stattdessen war jemand verschwunden.

»Rani!«, rief Lukas.

Punchy gähnte. »Vermutlich wird er ein wenig herumstromern und am Ende irgendwo einschlafen. Hier kann nicht viel passieren.«

Felicitas' Bett war eine Halbkugel, die flauschig ausgekleidet über dem Boden schwebte. Lukas wollte sich prompt einkuscheln und wurde müde.

»Vorsicht, das ist Elfenmagie«, erklärte Punchy. »Der Elfenstaub in den Flügeln macht Elfen immer sehr euphorisch. Die Magie des Bettes hilft beim Einschlafen.«

Sicherheitshalber nahm Lukas etwas Abstand vom Bett.

Die Tür wurde geöffnet und Felicitas trat ein. Neben ihr

schwebte Mirabella, dahinter kam Rani angewatschelt. Er kicherte unaufhörlich, tat aber total unschuldig. Was er wohl angestellt hatte? Lukas wollte es gar nicht wissen.

Mirabella von Sommerlicht besaß hüftlanges braunes Haar mit violetten Strähnen darin. Ihre Augen leuchteten. »Das sind also deine Freunde«, sagte Mirabella, wobei ihr Unterton andeutete, dass sie das nicht so recht glauben wollte.

»Das sind sie sehr wohl!«, platzte es aus Felicitas heraus.

»Sind wir wirklich«, sagte Lukas hastig. »Und wir benötigen deine Hilfe. Eine unserer Freundinnen ist verschwunden. Sie wurde entführt und befindet sich jetzt in einem der fernen Flüsterwälder.«

Mirabella betrachtete ihn von oben bis unten. »Und du bist ein Späher, der gerade aus Winterstein zurückgekehrt ist?«

»Genau.«

Die Elfe flog um ihn herum, musterte Lukas eindringlich und machte immer wieder »hm, hm«. Schließlich fragte sie: »Deine Flügel sind noch unsichtbar?«

»Richtig.« Lukas räusperte sich. »Hilfst du uns jetzt?«

»Natürlich«, bestätigte Mirabella. »Wenn du mir verrätst, warum du einen Menschen hierhergebracht hast, Felicitas!«

Lukas zuckte vor Schreck zusammen. Die Elfe hatte ihn

durchschaut. Die Verkleidung war wohl doch nicht so sicher, wie sie immer gedacht hatten.

»Wenn ich das der Direktorin erzähle«, flötete Mirabella, »wirst du superlangen Arrest bekommen.«

»Warum bist du immer so gemein?!«, entfuhr es Felicitas.

»Mir wird eben nicht alles geschenkt, Prinzessin! Ich muss selbst sehen, wo ich bleibe.«

Die beiden Elfen standen sich in der Luft gegenüber wie zwei Sternschnuppen, die jeden Augenblick explodieren konnten. Oder es genau genommen bereits taten.

»Äh.« Lukas hob vorsichtig den Finger. »Vielleicht solltet ihr nicht so laut streiten, immerhin schlafen ja noch alle.«

»Aber nicht mehr lange.« Rani kicherte.

Alle Augen wandten sich ihm zu.

»Rani, was hast du getan?«, fragte Lukas.

Stolz streckte der kleine Menok die Brust hervor. »Ich habe alles viel lustiger gemacht. Wir können gleich Verstecken spielen.«

Bevor Lukas nachfragen konnte, was genau Rani damit meinte, fauchte Punchy erschrocken auf. Sie stand noch immer am Fenster und blickte hinaus in den Flüsterwald. Tief unter ihnen schien etwas vorzugehen.

Lukas trat neben sie. »Das ist … Nebel.« Er schüttelte entsetzt den Kopf. »Warks.«

»Aber wieso sind sie ausgerechnet jetzt hier?« Felicitas schwebte neben ihn. »Jemand muss sie gerufen haben.«

Mirabella stemmte die Fäuste in die Hüften. »Und gleich behauptest du, dass ich das war, richtig?«

»Wer denn sonst!«, brüllte Felicitas.

»Ich«, sagte Rani. »Als ich mich vorhin umgeschaut habe, habe ich das Notrufgerät entdeckt. Gehen wir uns jetzt verstecken?«

In diesem Augenblick hätte Lukas den pelzigen Winzling gerne gepackt und durchgeschüttelt. Die Warks verstanden keinen Spaß, wenn es um Menschen ging.

Er wollte nicht als Statue enden.

»Das ist nicht witzig, Rani!« Lukas sah sich hektisch um. »Was machen wir denn jetzt?«

Der Nebel erreichte die Mauern des Internats.

Die Warks waren da.

Konfrontation mit der Zauberin

Ella

Es war ein mutiger Versuch.

Zoe warf sich nach vorne, um an Zottelfell vorbei in den Gang zu springen. Gleichzeitig setzte sich Noah in Bewegung. Doch der Fluchtversuch wurde im Keim erstickt. Plötzlich tauchten unzählige Angreiferkatzen auf, die die beiden Kinder zurück in den Raum drängten.

Bevor Ella wusste, wie ihr geschah, befand sie sich wiederum in einem Gang außerhalb der Zelle. Zottelfell stieß ein Fauchen aus. Daraufhin sprangen die anderen Katzen aus dem Gefängnis, und als die letzte im Gang war, verschwand die Tür.

»Ich habe mit mir selbst gewettet, ob sie es versuchen«, sagte Zottelfell trocken. »Unnötig zu sagen, dass ich gewonnen habe.«

Ella verdrehte die Augen. »Du bist einfach toll.«

»Ironie bringt dich nicht weiter, Menschenmädchen. Du bist uns in die Falle gegangen.« Er trottete gemächlich den Gang entlang, ließ die Muskeln spielen. »Ganz allein den Blinzelknoten für die fernen Wälder aufzusuchen, war dämlich, aber die Zauberin hatte bereits vermutet, dass du zu neugierig sein würdest, um abzuwarten. Und tatsächlich bist du zurückgekehrt.«

Ella kochte innerlich vor Wut, während Zottelfell höhnisch weitersprach. Liebend gerne hätte sie ebenfalls einen Fluchtversuch gewagt, doch wohin? Sie wusste nicht einmal, wo sich der Zugang zu den Traumzeitpfaden befand, der in die Blinzelbahn überging. Sie erinnerte sich daran, nach der Ankunft hier im Wald kurz weitergereist zu sein. Das hier war also nicht der Zugang zur fernen Traumzeit-Blinzelbahn-Verbindung. Der Weg zurück war zudem mit einem Siegel versperrt, das sie ohne Lukas nicht öffnen konnte. Und ohne eigene Magie hatte sie keine Chance, sich gegen die Angreiferkatzen zu behaupten.

»So schweigsam?« Zottelfell maunzte. »So fühlt es sich

also an, wenn man geschlagen wurde. Das ist schmerzhaft für das Ego.«

Ob sie ihn am Schwanz packen und fortschleudern sollte? Doch obgleich die Wut durch Ellas Adern peitschte, verbot ihr Instinkt ihr, einem Tier Leid anzutun. Aber war Zottelfell überhaupt eines? »Zu welchem Flüsterwald-Volk gehörst du?«

Nun lachte er tatsächlich leise. »Das werde ich dir nicht verraten. Doch sei versichert, ich habe diese Form freiwillig gewählt und kann sie jederzeit aufgeben. Ich bin etwas Besonderes.« Vor unebenen Treppenstufen blieben sie stehen. »Du darfst vorangehen.«

Da Ella keine Wahl blieb, stieg sie die Stufen empor und trat oben durch einen flimmernden Torbogen. Auf der anderen Seite befand sich ein kuppelförmiger Raum, der rundum verglast schien. Er bot einen atemberaubenden Blick auf weites Land. Doch während auf der einen Seite ein grüner Streifen zu erkennen war – das war der Blick durch das Fenster der Zelle gewesen –, gab es auf der anderen nur totes Land. Überall war es mit Asche bedeckt. Plötzlich stieg Ella der vertraute faulige Geruch in die Nase. Nur ein paar Schritte entfernt von ihr manifestierte sich eine eitrig-gelbe Wolke, die die Zauberin umhüllte und ihre Identität verbarg.

»Du hattest lange genug Zeit, wieder wach zu werden«, erklang die bekannte Stimme aus dem Inneren des Nebels. »Schließlich habe ich dich nicht zum Schlafen entführt.«

»Ich wusste, dass du als Nächstes dein Unwesen im australischen Flüsterwald treiben würdest.« Anklagend deutete Ella auf die Zauberin.

Zottelfell passierte den Torbogen und sprang auf einen der Felsen, die aus dem Boden ragten. »Da haben wir dich ja gerade noch rechtzeitig entführt. Die anderen brauchen bestimmt noch etwas länger, um darauf zu kommen, und bald ist es zu spät.«

»Ich habe es schon einmal gesagt: Auf keinen Fall werde ich dir helfen. Und wozu brauchst du mich überhaupt?« Ella verschränkte die Arme. »Du kannst doch problemlos zwischen den Wäldern wechseln, Zauberin.«

»Das ist richtig«, gab diese zu. »Ich brauche deine Magie nicht für mich, das solltest du doch mittlerweile wissen. Die Schöpfungsapparatur ist ohne den Meisterschlüssel nicht in der Lage, Magie aus der Ferne zu rauben. Und auch wenn ich dank der australischen Waldseele über einen Zugang zum Seelenbund verfüge und darüber die Magie der anderen Flüsterwälder rauben kann, komme ich aktuell nicht an den Flüsterwald mit dem Herz des Waldes heran. Dadurch verliere ich Zeit.«

Was exakt der Grund gewesen war, weshalb sie den Meisterschlüssel aus der Schöpfungsapparatur entfernt und zerstört hatten.

»Siehst du, mein ganzer Plan hat so schön funktioniert«, sagte die Zauberin, »unbemerkt von allen Flüsterwesen konnte ich schalten und walten. Es war ein Spaziergang. Doch dann ist euch nichts Besseres eingefallen, als das Herz des Waldes zurückzuholen. Plötzlich war die Herzburg wieder da.«

Ella konnte die Wut hinter dem eitrigen Nebel förmlich spüren. »Wäre es dir also lieber gewesen, wenn der dunkle Magier den Flüsterwald abgebrannt hätte?«

»Das wäre mir herzlich egal gewesen, ich hätte mir die Magie ja trotzdem geholt«, erklärte die Zauberin. »So werden eben alle zu Stein. Schau hinaus, Ella. Wälder sterben nun einmal, damit sich aus ihrer Asche neue erheben können. Es ist jetzt nur deutlich komplizierter geworden.«

»Es ist *unmöglich* geworden«, stellte Ella klar. »Die einzig verbliebene Schlüsselmagie befindet sich in mir und ich werde sie auf keinen Fall hergeben. Damit bleibt uns ausreichend Zeit, dich aufzuhalten, und die Herzburg ist zudem unangreifbar. Selbst wenn du am Ende mit der Schöpfungsapparatur in unseren Flüsterwald spazierst, um dort Magie zu rauben, wird das Herz es merken und wir werden dich stoppen. Die Herzburg wird niemals fallen!«

»Keine Sorge«, kam es von der Zauberin. »Ich habe nicht erwartet, dass du mir deine Magie freiwillig überlassen wirst. Und was das Herz betrifft: Ich werde am Ende ein sehr intensives Gespräch mit ihm führen.«

Die Zauberin hatte wohl genug von der Plauderei. Plötzlich waren die Angreiferkatzen überall. Fauchlaute erklangen, Ella wurde zu einem der Felsen gedrängt. Er war auf der Oberseite flach und mit aufgemalten Symbolen bedeckt. Eindeutig magischer Natur, denn sie konnte die Kraft spüren, die davon ausging. Fesseln entstanden aus der Luft, umschlangen Ellas Hand- und Fußgelenke, banden sie mit dem Rücken an den Felsen. Rote Steinknubbel drückten schmerzhaft gegen ihre Muskeln.

»Siehst du, so einfach kommen wir voran«, sagte die Zauberin. »Wir müssen gar nicht diskutieren, weil deine Meinung keine Bedeutung hat. *Ich* mache hier die Regeln. Ihr seid in meine Geschichte geplatzt, jetzt müsst ihr dafür bezahlen. Wenn ich fertig bin, wird es keinen der alten Flüsterwälder mehr geben.« Ein leises Lachen erklang. »Die Seele dieses Waldes hat mich ebenfalls unterschätzt. Wie so viele andere.«

»Aber jetzt kannst du es ihnen zurückzahlen«, sagte

Zottelfell, die Ohren angelegt. »Nur noch ein kleiner Schritt und du hast es geschafft.«

»Das weiß ich«, blaffte die Zauberin. »Unnötig, dass du es mir sagst, ich kann es bereits vor mir sehen. Ich werde mich in die Tiefe begeben und alles vorbereiten. Zottelfell, du umzingelst zusammen mit den anderen Katzen dieses Gebäude. Der Ritualplatz muss sicher sein, während ich Ella die Magie raube. Ich will nicht, dass uns jemand stört.«

»Wer sollte uns aufhalten? Alle hier sind versteinert.«

Die Zauberin schwieg sekundenlang. Gelber Nebel wallte auseinander, als würden sich Arme ausstrecken und wieder zurückziehen. »Wir haben die Kinder bisher unterschätzt, das passiert uns nicht noch einmal. Wir gehen auf Nummer sicher. Niemand kommt hier herein oder hinaus, hast du das verstanden?«

»Natürlich.« Zottelfell sprang auf. Er miaute kurz und sauste davon, seine Katzen mit sich führend.

»Genieße deine letzten Minuten mit der Blinzelmagie, Ella«, sagte die Zauberin. »Wenn ich zurückkehre, werde ich sie dir entreißen und mir einverleiben. Du wirst niemals wieder Magie in dir tragen. Alle deine Freunde werden zu Stein erstarren. Nicht einmal das Herz des Waldes kann noch etwas dagegen tun.«

Der Nebel löste sich auf und die Zauberin war fort. Sie

hatte Ella allein zurückgelassen. Wütend zerrte sie an ihren Fesseln, doch diese gaben keinen Millimeter nach, im Gegenteil. Sobald Ella daran zog, wurden sie enger, schnitten richtiggehend in ihr Fleisch.

»Verdammter Mist!«, rief sie.

Doch sie war allein. Niemand war hier, um zu helfen. Und keiner würde sie erreichen.

Sobald die Zauberin zurückkehrte, war alles vorbei.

Die letzten Minuten

Ella

Aus den Augenwinkeln sah Ella einen glatten Felsen, nicht größer als ein Fußball, der sich über den Boden schob. Eigentlich war es eher eine Halbkugel aus hornartigem Material, Chitin vielleicht. Ella verrenkte ihren Hals, um mehr zu sehen. Ja, da waren winzige Füßchen am unteren Ende, es war eindeutig ein Tier.

Neben ihr blieb es stehen, richtete sich auf.

Sie blickte in die Augen eines Gürteltiers, das sich aufrecht auf seine Hinterbeine gestellt hatte. Die Unterseite seines Körpers war so bunt wie ein Regenbogen.

»Wer bist denn du?«, fragte Ella.

»Dundi«, erklärte es. »Ich bin hier, um dich zu retten. Und den Flüsterwald. Und die Welt. Aber mit dir fange ich an, jawohl.« Das Gürteltier warf sich auf Ellas Fesseln und zerrte daran. »Als Regenbogengürteltier stehe ich immer mit einem Fuß in der Traumzeit und mit dem anderen hier in dieser Welt. Deshalb kann die Zauberin mir keine Magie stehlen und ich konnte problemlos über einen Traumzeitpfad hierherkommen, ohne dass die Katzen mich bemerken. Einen Augenblick. Hab's gleich.« Es zerrte immer wilder.

»Du könntest versuchen, die Knoten zu öffnen«, schlug Ella vor.

Dundi blinzelte. »Das wäre meine nächste Idee gewesen.«

Das Regenbogengürteltier friemelte an den Knoten herum. Mit jeder verstreichenden Sekunde wurde Ella unruhiger. Sie mussten hier weg!

Endlich lösten sich die Fesseln ihres linken Handgelenks. Während sie sich sofort den Knoten an ihrer rechten Hand widmete, machte Dundi sich an den Fußfesseln zu schaffen. Kurz darauf war Ella wieder frei.

Das Regenbogengürteltier blickte sie mit einem zufriedenen Lächeln und stolzgeschwellter Brust an.

»Ich danke dir«, sagte Ella.

»Gerne. Das mache ich ständig. Meist rette ich Noah und Doppel-Z.«

»Doppel-Z?« Ella runzelte die Stirn.

»Zara und Zoe. Leider ist meine Geisterelfenfreundin versteinert, aber ich habe ihre Statue in Sicherheit gebracht. Und jetzt sehe ich nach meinen Menschenfreunden. Du kennst sie natürlich.«

»Woher weißt du das?«, fragte Ella.

Sie eilte bereits zum Ausgang und Dundi folgte ihr dichtauf, jetzt wieder auf allen vieren, wodurch er deutlich schneller war.

»Du bist auch ein Mensch, ihr kennt euch doch alle.«

»Äh, nein«, sagte Ella. »Das tun wir nicht.« Sie hatte die Befürchtung, dass Dundi sich hervorragend mit Rani verstehen würde. Beide hatten eindeutig ein falsches Bild von Menschen. Sie durften sich niemals kennenlernen.

»Ach so.« Dundi trippelte hinter ihr her. »Dann kennst du Noah und Zoe also nicht?«

»Doch.«

»Jetzt bin ich verwirrt.«

»Es war Zufall«, erklärte Ella. »Die Zauberin hat mich entführt und zu ihnen in eine Zelle gesperrt. Dort habe ich sie kennengelernt.«

Und genau jene Zelle erreichten sie jetzt. Bedauerlicherweise war die Tür nicht sichtbar. Ella erkannte die Zelle lediglich an einer dunklen Schattierung der Wand.

»Verdammt«, fluchte sie.

»Was ist los?«, fragte Dundi.

»Wir stehen vor der verborgenen Tür. Dahinter befindet sich die Zelle, in der Noah und Zoe eingesperrt sind«, sagte sie und deutete sicherheitshalber darauf.

Dundi blinzelte. Dann richtete er sich auf zwei Beine auf und beschnüffelte die Kerkertür. Sekunden später leckte er sie ab. »Alter Stein und böse Absichten.« Als er fertig war, berührte er die farbigen Flächen auf seinem Bauch in einer bestimmten Reihenfolge.

»Was tust du da?«

»Damit meine Magie richtig funktioniert, muss ich die Gefühle treffen, die beim Bau verwendet wurden und in das Material geflossen sind. Ich bin ein Regenbogengürteltier.« Als würde das alles erklären, nickte Dundi zufrieden und ging einfach durch die Tür hindurch, als sei sie gar nicht da.

»Äh«, sagte Ella.

Glücklicherweise konnte niemand hören, welch geistreiche Kommentare sie gerade von sich gab. Sicherheitshalber betastete sie die Wand, aber sie bestand noch immer aus massivem Stein. Dundis Magie wirkte also offensichtlich nur bei ihm selbst. Und bei Personen, die er mit sich führte, wie kurz darauf deutlich wurde. Das Regenbogengürteltier kam mit Zoe an der einen Pfote und mit Noah an der anderen durch die Wand getrippelt.

»Wow, das ist eine tolle Magie.« Ella starrte beeindruckt auf Dundi, Zoe und Noah.

»Danke.« Das Regenbogengürteltier errötete leicht.

»Ja, unser Dundi ist der Beste.« Noah streichelte ihm über den Kopf. »Und irgendwann lernt er bestimmt auch, uns mitzuteilen, was er gerade so treibt. Damit wir uns keine Sorgen machen.«

»Danke dir, Kleiner.« Zoe gab ihm einen Kuss auf die Wange.

Jetzt wurde Dundi knallrot.

Ella berichtete, dass die Zauberin vorhatte, ihr ihre Blinzelmagie zu entreißen, und dass sie mit Dundis Hilfe nur knapp entkommen war. Auch dass die Katzen draußen Wache hielten, gab sie weiter.

»Wir brauchen einen Plan«, verkündete Zoe. »Aber als Allererstes müssen wir hier raus, uns in Sicherheit bringen. Dann überlegen wir, wie wir die Versteinerungen rückgängig machen können und die Zauberin besiegen.«

Was die Beschützerin des australischen Waldes so leicht dahinsagte, ließ Ella schlucken. Konnte die Magie überhaupt zurückübertragen werden? Hoffentlich.

Sie eilte hinter den anderen her die Gänge entlang, bis sie Stufen erreichten. Dieses Mal führten sie nach unten.

»Wohin geht es denn da, kennt ihr euch hier aus?«, fragte Ella.

»Dieses Gebäude ist ein alter Ritualplatz. Hier ist der Zugang zu den Traumzeitpfaden leichter möglich als an anderen Orten, die Wirklichkeit kreuzt sich mit der Traumzeit. Unter der Erde gibt es wiederum ein wahres Labyrinth an Gängen, die aus dem Gebäude hinaus- und auch in weite Ferne führen. Auf diese Art kommen wir unbemerkt an den Katzen vorbei und an anderer Stelle wieder an die Oberfläche.«

Aus der Tiefe stieg Ella der vertraute Geruch von Erde und Staub in die Nase. Prompt musste sie niesen. Das Geräusch hallte in der Ferne wider.

»Danke«, sagte Dundi.

»Äh.« Ella musste dringend an ihrem Sprachschatz arbeiten.

»Jetzt sind wir sicher«, erklärte das Regenbogengürteltier.

Zoe stöhnte auf und verdrehte die Augen. »Unser kleiner Freund glaubt an Geister. Und wenn es laut wird, vertreibt das die Geister.«

»Ich dachte, Zara hätte dir die Angst vor Geistern genommen«, sagte Noah. »Sie ist doch eine Geisterelfe.«

»Aber eine liebe«, erklärte Dundi. »Echte Geister sind nicht lieb.«

Das Regenbogengürteltier sprang die Stufen zwischen Noah und Zoe hinab, sah sich dabei aber vorsichtig um.

»Kannst du uns Licht machen?«, fragte Zoe.

Ella wollte schon fragen, an wen die Frage gerichtet war, als Noah seinen Arm ausstreckte. Es knisterte. Über seine Finger tanzten Blitze.

»Wow.« Ella starrte gebannt auf das gelbe Leuchten.

»Das ist meine Kraft«, erklärte er. »Wir mussten einmal gegen einen bösen Magier kämpfen, der aus den Knochen der Ahnen bestand. Es war ganz schön knapp. Aber nachdem ich ihn entmagifiziert hatte, sind seine Kräfte auf mich übergesprungen.«

»Daher kommt auch unser Spitzname.« Zoe deutete auf Noah und dann sich selbst. »Blitz und Donner.«

Wenn Ella die Wahl hätte, ein lautes Grummeln auslösen zu können oder Blitze zu entfachen, würde sie sich tausendmal lieber für die Blitze entscheiden. Damit ließen sich Gegner immerhin wirksam vertreiben.

Sie hatten das Fußende der Treppe erreicht und eilten im Licht von Noahs Blitzen tiefer in den Gang, der sich anschloss.

Ella glaubte im Gegensatz zu Dundi nicht an böse Geister. An Angreiferkatzen allerdings schon. Ebenso an die Magie einer gewissen Kreatur in einer Giftwolke. Und auch wenn sie mit Zoe, Noah und Dundi nicht allein war, vermisste sie doch ihre Freunde.

Was mochten Lukas, Rani, Punchy und Felicitas gerade tun? Sie waren so weit entfernt.

In diesem Augenblick wurde die Sehnsucht nach dem warmen Lächeln ihrer Mutter und einer Portion Kekse zu einem Wackerstein in ihrer Brust.

Plötzlich hallte ein Fauchen durch die Gänge. Ihre Flucht war bemerkt worden.

Wark-Besuch

Lukas

In zahlreichen Abenteuern hatte Lukas sich allerlei Gefahren gestellt, doch kaum etwas jagte ihm solch eine Angst ein wie die Warks. Als er vor einigen Wochen erstmals im Flüsterwald einem dieser echsenartigen Geheimniswahrern in Kutte begegnet war – es kam ihm vor, als läge es bereits Jahre zurück –, hätte dieser ihn beinahe in Stein verwandelt. Genau das taten sie mit Feinden des Flüsterwaldes und als solche sahen sie Menschen an.

»Du musst Lukas verstecken!«, sagte Ella an Mirabella gewandt.

»Ich? Hast du nicht eben noch gedacht, dass *ich* sie überhaupt erst gerufen hätte?« Sie verschränkte trotzig die Arme. »Was sagst du dazu?«

»Versteck ihn!«, brüllte Felicitas.

Rauchwölkchen pufften unter der Tür hindurch.

Mirabella riss die Augen auf. »Okay.«

»Der Rauch ist aber lustig.« Rani hoppelte zum Türrahmen.

Lukas spürte, wie ihm ein kalter Schauer den Rücken hinunterrann, er begann zu zittern. Wie kam er hier nur wieder heraus?

Mirabella schnippte mit dem Finger. »Wir verkleinern Lukas noch mehr, dann kann er sich hinter einer deiner zweitklassigen Blumen verstecken.«

»Ich habe im letzten Jahr den ersten Platz im Blumenwettbewerb gewonnen!«, stellte Felicitas empört klar.

»Und ich im Jahr davor.«

»Leute«, krächzte Lukas. »Nebel.«

»Richtig, richtig.« Felicitas wechselte einen schnellen Blick mit Mirabella. »Ich schrumpfe ihn und du lässt ihn in die Kugel mit der Brombeerlilienwurzel schweben.«

»Wieso machen wir es nicht umgekehrt?«, fragte Mirabella.

Ein Knarzen vor der Tür beendete die Diskussion. Elfenstaub flirrte. Lukas schwebte in die Höhe und wurde dabei immer kleiner. Plötzlich hatte er das Gefühl, in einem riesigen Raum zu hängen, dessen Boden weit war wie das Meer. Felicitas und Mirabella waren für ihn Berge am Horizont. Er wirbelte durch die Luft und landete auf einer Wurzel, die scheinbar drei Meter dick war.

»Lukas ist nun aber wirklich klein«, sagte Mirabella.

»Etwas zu viel Wucht«, gab Felicitas zu.

Immerhin waren ihre Stimmen nicht allzu laut, vermutlich hatte Felicitas irgendwie einen Dämpfungszauber eingewoben. Andernfalls wäre jedes Wort der beiden einem Weltuntergangsdonnern für seine winzigen Ohren gleichgekommen. Es knarzte, die Tür wurde geöffnet. Nebelwolken pufften in den Raum, breiteten sich aus und bedeckten den gesamten Teppich.

Ein Wark glitt herein.

Im selben Augenblick war jeder Streit zwischen den beiden Elfenmädchen vergessen. Sie hingen in der Luft, als hätte der Wark sie bereits mitten in der Bewegung eingefroren.

»Ihr seid aber früh wach«, knurrte das Echsenwesen.

Seine Stimme klang wie das Geräusch von Kieselsteinen, die in einer Schale mit Wasser klickerten.

»Frühflieger«, krächzte Mirabella.

»Blumen«, ergänzte Felicitas.

»Blumen?«, echote der Wark.

Punchys Fell hatte sich gesträubt, doch die Beschützerkatze blieb vollkommen still.

»Brauchen Wasser«, piepste Felicitas. »Viel. Oft. Und früh. Deshalb stehen wir auf, also beide. Wir sind quasi beste Freundinnen.«

»Genau.« Mirabella packte Felicitas' Oberarm und grinste breit.

Doch zum einen fasste sie so fest zu, dass Felicitas vor Schmerzen zusammenzuckte, zum anderen verzog sie selbst das Gesicht, als hinge ein Piranha an einem ihrer Flügel. Es sah nach großen Qualen aus.

Genau diesen Augenblick suchte sich Rani aus, um zu kichern. Er saß auf Felicitas' Bett, hielt sich beide Hände und den Greifschwanz vor den Mund.

»Und was sucht ein Menok hier?« Der Wark kam langsam näher.

Lukas konnte nicht verhindern, dass er zitterte. Seine Muskeln verkrampften sich, er konnte kaum noch atmen. Der Wark musste ihn doch sehen.

»Hihi.« Rani kicherte in seine Hände. »Ich verrate nichts.«

»Was willst du denn *nicht* verraten?«, fragte der Wark gefährlich leise. »Vielleicht, wo der Mensch sich versteckt hat?«

Stille setzte ein.

»Rani hat gerade seine Schubphasen«, piepste Felicitas. »Er macht ständig Schabernack. Aber er kann ja nichts dafür.«

»Stimmt das?«, fragte der Wark. »Hast du uns aus Schabernack gerufen?«

Rani legte den Kopf schief, dachte kurz nach und nickte schließlich. Im nächsten Augenblick kugelte er sich vor Lachen. Die dunkle Ausstrahlung des Warks konnte ihm offenbar nichts anhaben.

»Niemand ruft die Warks, weil es witzig ist.« Die Stimme des Geheimniswahrers klang überraschenderweise eher verdutzt als ärgerlich. »Sorgt dafür, dass er das nicht noch einmal tut. Menoks sollten in ihren Schubphasen ihr Tal gar nicht verlassen.«

Damit glitt er wieder hinaus.

Lukas war so erleichtert, dass er beinahe von der Wurzel gefallen wäre.

Felicitas streckte ihren Finger in die Kugel, in der sich Lukas befand. Er kletterte darauf und wuchs bereits wieder. Als die Elfe ihn losließ, fiel er nur noch ein paar Zentimeter bis zum Boden, weil er blitzschnell größer wurde.

»Danke euch.« Er nickte auch Mirabella freundlich zu. »Das war sehr lieb.«

»Ach.« Sie winkte ab. »Kaum der Rede wert. So ein Wark ist doch nichts.«

»Oh«, sagte Felicitas. »Er kommt zurück.«

»Was?!« Mirabella schoss hinter eines der Sitzkissen.

»Kleiner Scherz.« Felicitas kicherte.

Rani machte natürlich prompt mit, was Mirabella vor Wut fast zum Explodieren brachte. Keine gute Idee, schließlich benötigten sie noch immer ihre Mithilfe.

»Das war ein böser Streich«, sagte Lukas. »Und wir haben dadurch schon so viel Zeit verloren. Kannst du uns bitte ganz fix helfen, Mirabella? Ella steckt in Schwierigkeiten und wir müssen, so schnell es geht, zu ihr.«

Der Blick der anderen Elfe wurde sanft. »Na gut. Wenn Freunde in Gefahr sind, möchte man helfen. Das verstehe ich.« Sie friemelte ein Medaillon hervor, das an ihrem Hals hing. Dann klappte sie es auf. Im Inneren befand sich ein einzelnes Blütenblatt. »Damit kann man verlorene Dinge oder Personen wiederfinden.« Sie blickte traurig auf das Blatt. »Ich benutze jeden Monat eines.«

»Wen oder was suchst du denn?«, fragte Lukas.

»Einen Freund, der …« Sie schüttelte den Kopf. »Das ist jetzt nicht wichtig. Ich habe ihn bisher nicht gefunden. Ihr braucht das Blütenblatt dringender.«

»Danke.« Felicitas' Stimme klang verblüfft angesichts

der selbstlosen Geste ihrer Konkurrentin aus dem Internat. »Wenn wir Ella wiedergefunden haben, werde ich dir auch helfen.«

»Wir alle«, versprach Lukas.

Wenn Mirabella tatsächlich einen Elfenfreund verloren hatte, steckte vermutlich Magie dahinter. Da konnte sie jede Hilfe gebrauchen. Er würde Felicitas um weitere Details bitten, sobald sie Ella gefunden hatten. Doch erst mal hatte Ella Vorrang.

»Achtung, ich wirke den Zauber.« Mirabella ließ das Blütenblatt los.

Wind wirbelte durch den Raum, ließ das Blatt tanzen. Winzige Blitze zuckten, Donner hallte. Alle Farben des Regenbogens tanzten als Lichtpunkte durch die Luft. Ellas Gesicht schälte sich daraus hervor, hinter ihr konnte Lukas einen gewaltigen roten Felsen erkennen.

»Ich bin so dumm«, flüsterte er.

Die Bilder verschwanden.

»Du weißt, wo sie ist?«, fragte Felicitas.

Lukas nickte. »Ich habe nur keine Ahnung, wie wir dorthin kommen sollen.«

Ella war im australischen Flüsterwald.

Die Geisterschimmer-Schleuder

Lukas

»Australischer Flüsterwald.« *Klong.*

In seinen winzigen Händen hielt Rani zwei Löffel, die er aus der Küchenschublade des Professors stibitzt hatte und mit denen er ›Musik machte‹.

Nachdem sie im Elfeninternat erfahren hatten, wo sich Ella befand, hatte Felicitas Lukas, Rani und Punchy wieder auf ihre normale Größe gezaubert und sie waren auf direktem Weg zur Herzburg geeilt. Das Herz des Waldes hatte auf ihre Rufe nicht reagiert, vermutlich war es noch immer dabei, einen Zugang zum Seelenbund zu finden. Doch der Professor befand sich wie immer in seiner Werkstatt.

»Der australische Flüsterwald«, sagte der Professor erneut.

Klong. »Australien. Flüsterwald«, kam es von Rani.

»Ich habe da etwas konstruiert, das euch helfen könnte.« Der Professor reagierte gar nicht auf Ranis ›Musik‹ und hoffte wohl, dass der Menok von alleine wieder aufhören würde. »Es ist eine Geisterschimmer-Schleuder.«

»Geisterschimmer-Schleuder.« *Klong.* Die Löffel schepperten erneut. »Was ist das?«

Erst kürzlich hatte Archibald von Thun das Baumhausgefängnis in eine Werkstatt umfunktioniert. Der gesamte Hauptraum, der mit der Herzburg verbunden war, beherbergte Werkbänke, magische Materialien und halbfertige Apparaturen. Eine Küche schloss sich an, lediglich sein Schlafzimmer befand sich hinter einer Tür.

Der Professor winkte den Freunden, ihm zu folgen. Richtig, Lukas erinnerte sich. Einen Keller gab es ebenfalls. Über eine Holztreppe ging es hinunter, wo alle möglichen größeren Apparaturen herumstanden.

»Was ist das?!«, fragte Felicitas und deutete auf eine Sonnenblume aus Glas.

»Es soll bei der Sonnenblumenernte helfen«, erklärte Archibald von Thun. »Die Minninninnis haben aktuell Schwierigkeiten mit der Kernernte.«

Lukas setzte bereits zur Frage an, unterließ es dann aber. Jetzt war nicht die Zeit.

»Minninninnis.« *Klong.* Rani hatte die Löffel mitgenommen.

Der Professor blieb vor einem turmartigen Aufbau stehen, der so hoch war wie Lukas. Er bestand aus einem eckigen Pfeiler, an dem mehrere verkrümmte Arme aus Metall angebracht waren. In diese waren Symbole eingeritzt. Oben auf der Spitze saß eine Glaskugel, in der Elfenstaub flirrte.

Um den Turm herum standen sternförmig angeordnet Betten. Die Kopfenden befanden sich jeweils unter einem der Arme.

»Sobald ich den Hebel umlege«, der Professor deutete auf einen angeschlossenen Kasten mit Hebeln und Stellrädern, »rieselt der Elfenstaub durch das Innere der Säule in die Arme. Das aktiviert die Magie. Ihr könnt dann, während euer Körper hier schläft, als Geist unterwegs sein. Aber ihr seid nicht unsichtbar. Euer Geisterschimmer sieht aus wie euer gewöhnlicher Körper und ihr könnt auch Dinge anfassen und euch bewegen. Und verletzt werden!«

»Das ist genial«, hauchte Lukas. »Abgesehen von der Sache mit dem Verletztwerden.«

»Genial.« *Klong.*

»Rani!«

»Ja?« Der Menok grinste Lukas an.

»Willst du dir nicht oben etwas anderes holen, um Musik zu machen?«, fragte Felicitas.

Der Menok plumpste auf sein Hinterteil und kratzte sich mit dem Greifschwanz an der Stirn. »Ich hatte zuerst auch an die Messer gedacht. Aber als Cani die das letzte Mal benutzt hat, musste Mama Lani verarzten, weil der die Spitze abbekam.«

Lukas seufzte. »Nicht die Messer.«

»Als wir das letzte Mal die Gabeln benutzt haben, habe ich versehentlich Sani gepikst«, sagte Rani. »Er hat mich dann mit seinem Greifschwanz geschubst und wir haben gerauft. Das war lustig. Soll ich die Gabeln holen?«

»Behalte die Löffel«, sagte Lukas schicksalsergeben.

Klong.

Der Professor zog eine Schublade auf und entnahm dieser vier Armreifen. »Jeder von euch muss einen davon überstreifen, er passt sich automatisch dem Umfang eures Handgelenkes an.«

Der Armreifen bestand aus einem geflochtenen Band, in das ein wabenförmiger Glassplitter eingelassen war. »Der Splitter ist jetzt noch durchsichtig, wird im Laufe der Zeit aber immer dunkler. Sobald er schwarz ist, müsst ihr das

Band abstreifen. Dann seid ihr wieder zurück in eurem eigenen Körper.«

Felicitas streifte sich ihren Armreif über, Punchy ebenfalls. Rani verzichtete darauf, die Löffel wegzulegen, er zog das Band einfach über seinen Greifschwanz.

Lukas betrachtete den geschliffenen Glassplitter. »Was passiert, wenn wir das Band nicht abstreifen?«

»Der Splitter bekommt zunächst einen Riss«, erklärte der Professor. »Danach wird er auseinanderbrechen. Ist das geschehen, verschwindet dein echter Körper hier auf dem Bett und du bleibst für immer ein Geisterschimmer, gebunden an den Ort, an dem du gerade bist.«

Lukas zuckte vor Schreck zusammen. »Dann kann ich nie wieder hierher zurückkehren?«

Der Professor schüttelte den Kopf. »Deshalb ist diese Apparatur auch sehr gefährlich. Wenn der Stein sich verfärbt hat, müsst ihr unbedingt zurückkommen, egal, was gerade im australischen Flüsterwald geschieht. Andernfalls sitzt ihr für immer am anderen Ende der Welt fest – als Geisterschimmer.«

Mit einem Kloß im Hals streifte Lukas das Armband über. Tatsächlich zog es sich sofort zusammen und passte Sekunden später wie angegossen.

»Das ist ja flauschig.« Felicitas hatte sich auf einem der

Betten niedergelassen und zog sich die Decke bis unters Kinn. »Bestimmt werde ich einschlafen.«

»Schlafen.« *Klong.* Rani war mit einem Satz im zweiten Bett. Bedauerlicherweise ließ er die beiden Löffel nicht los.

Punchy trottete in einer Mischung aus gezeigter Langeweile und Erhabenheit zu einem dritten Bett und ließ sich darauf nieder. Hier leckte sie ausgiebig ihre Tatzen.

»Wenn wir dann also ein Geisterschimmer sind, wie kommen wir ans Ziel?«, fragte Lukas.

»Ihr konzentriert euch einfach auf den australischen Flüsterwald«, erklärte der Professor. »Vielleicht nehmt ihr den *Uluru* als Anker, der ist ja sehr charakteristisch für den australischen Flüsterwald. Ihr könnt auch versuchen, euch auf Ella zu konzentrieren, aber falls die Zauberin sie maskiert hat, wird es schwierig. Letztlich ist das Ziel nur einen Gedanken weit entfernt, es kommt einzig auf eure Konzentration an.«

Lukas streifte seine Schuhe ab und schlüpfte ebenfalls unter die Decke. Es fühlte sich komisch an, sich jetzt ins Bett zu legen – viel zu früh. Während für Felicitas, Rani und Punchy der Schlaf zu früh geendet hatte, war Lukas mitten in seinem Tagrhythmus. Trotzdem musste er gähnen, als Felicitas es tat.

»Seid ihr bereit?«, fragte der Professor.

Klong. »Das wird lustig.« Rani hielt sich den Greifschwanz über die Augen, vermutlich, um das Licht auszublenden.

Lukas hoffte sehr, dass die Löffel nicht ebenfalls mit in den australischen Flüsterwald reisten. Andernfalls würde der Menok sofort alle auf sie aufmerksam machen.

»Australien«, sagte Felicitas versonnen. »Ich habe Bilder vom dortigen Flüsterwald gesehen. Er ist wunderschön. Dort gibt es auch Flügelpferde. Ich wollte schon immer mal dorthin.«

Unter anderen Umständen wäre Lukas neugierig gewesen, er hätte sich den Rucksack umgeschnallt und alles dort sehen wollen. Aktuell machte er sich jedoch Sorgen um Ella. Die konnte zwar auf sich selbst aufpassen, aber gegen die Macht der Zauberin hatte sie keine Chance.

»Ich löse jetzt die Schleuder aus«, sagte der Professor. »Konzentriert euch auf das Ziel.«

Klong.

Was vermutlich in Menok-Kommunikation Zustimmung bedeutete. Lukas würde dem Professor raten, beim nächsten Mal die Besteckschublade zu verschließen, falls Rani noch immer seinen Humorschub hatte.

Der Professor legte den Hebel um.

Sofort wurde das Armband an Lukas' Handgelenk warm.

Er spürte ein angenehmes Kribbeln, das seinen Körper durchlief. Ein Schimmer breitete sich aus. Er visualisierte den *Uluru* vor seinem inneren Auge.

In der nächsten Sekunde lag er nicht mehr auf dem Bett.

Er stand in einem anderen Flüsterwald.

Auf der Flucht

Ella

»Können uns die Katzen hier unten aufspüren?«, fragte Ella keuchend.

Zu viert rannten sie durch die Dunkelheit, wobei Noah permanent Blitze über seine Finger tanzen ließ. Er hatte sich an die Spitze gesetzt.

»Ja«, sagte Dundi. »Katzen haben einen wirklich guten Geruchssinn. Sie können uns verfolgen. Außerdem verfügen sie natürlich über Magie. Aber wir schaffen das.« Er machte einen überschwänglichen Mini-Hüpfer und trippelte weiter.

Sie erreichten eine Gangbiegung und wandten sich nach

links. Hier ging es schräg in die Tiefe, was Ella irgendwie Unbehagen bereitete, aber Noah würde schon wissen, was er tat.

»Könnten wir nicht deine Magie benutzen und uns in der Wand verstecken, Dundi?«, fragte Ella.

»Im Stein gibt es keine Luft«, erklärte Zoe anstelle des Regenbogengürteltiers. »Wir müssten also so lange den Atem anhalten, bis alle Katzen die Suche nach uns aufgegeben haben. Das wäre sehr schwierig.«

Zwar konnte Ella gut tauchen – sie schaffte es, zwei Minuten die Luft anzuhalten –, aber das war auch das absolute Maximum. Danach tat ihr der Kopf weh und rote Funken tanzten ihr vor den Augen. Ihre Mutter hatte deswegen bereits mehrfach mit ihr geschimpft, weil sie es immer so übertreiben musste.

Unweigerlich fühlte Ella einen Kloß in ihrem Hals. Bestimmt sorgte Mama sich um sie.

Mittlerweile hatte Dundi sich zu einer Kugel zusammengerollt und kullerte vor Noah den Gang hinab. Ella bildete das Schlusslicht und sie verdächtigte Zoe, absichtlich langsam zu laufen, damit Ella nicht alleine zurückfiel. Die beiden Geschwister wirkten ziemlich sportlich.

»Weißt du überhaupt, wohin wir müssen?«, fragte Zoe.

Ganz offensichtlich meinte sie damit ihren Bruder, denn Ella hatte keine Ahnung, wo es langging.

»Die Richtung, ja.« Seine Schultermuskeln traten unter dem Shirt hervor. »Aber hier ist es wie in einem Labyrinth. Und ich kann Magie spüren, die uns verwirren soll.«

Dundis Nase zuckte. Er stand wieder auf den Hinterbeinen und berührte in schneller Folge die farbigen Flächen auf seinem Bauch. »Gegen die Magie kann ich nichts machen.«

Ein Fauchen erklang in der Ferne, jedoch deutlich näher als das vorherige. Die Angreiferkatzen waren fast heran. Ella war sich sicher, dass ihnen eine zweite Flucht nicht gelingen würde. Die Zauberin würde ihr die Kraft auf der Stelle entreißen und damit wäre alles vorbei. Dann hätten sie endgültig verloren.

Sie beschleunigte ihre Schritte und überholte zuerst Zoe, dann Noah. Bedauerlicherweise verließ Ella dabei den Bereich, der durch Noahs Blitze ausgeleuchtet wurde. Sie übersah einen Geröllhaufen auf dem Boden, strauchelte und stürzte.

»Ella!«, rief Zoe. »Ist dir was passiert?«

»Nur mein Stolz ist verletzt.« Sie rappelte sich wieder auf. »Und meine Hände sind aufgeschürft.«

»Darum kümmern wir uns in unserem Hauptquartier.« Noah bedeutete ihnen mit einer Geste, dass sie weitermussten. »Bleibt hinter mir!« Die Blitze zuckten und loderten, der Gang vor ihnen wurde in flackerndes Licht getaucht. Kurz darauf war er zu Ende.

Der Gang hatte sie in eine Höhle geführt. Auf der gegenüberliegenden Seite der Höhle befand sich eine Öffnung, von der aus ein weiterer Gang scheinbar nach oben verlief. Doch dazwischen lag ein tintenschwarzer See.

»Haben die meisten Seen nicht eine Brücke?«, fragte Ella verzweifelt.

»Nur, wenn sie in erschlossenen Gebieten liegen«, erwiderte Noah. »Dieser See ist kein gewöhnlicher. Er gehört zu diesem uralten Ritualplatz und verbindet ihn mit magischen Orten in fremden Wäldern.«

»Aber könnten wir dann nicht hineinspringen und von dort in einen anderen Flüsterwald tauchen?«, fragte Ella hoffnungsvoll.

Noah schüttelte den Kopf und machte ihre Hoffnung damit zunichte. »Diesen Weg können lediglich jene beschreiten, die das Licht der alten Zeit hüten. Doch sie sind gegangen und schon lange nicht mehr wiedergekehrt. Es sind Wasserwesen.«

»Was mein Bruder eigentlich sagen will, ist: Wir müssen schwimmen.« Damit sprang Zoe in den See.

»Woher weißt du so viel über all diese Dinge?«, fragte Ella.

»Unser Unterricht.« Er nickte ihr auffordernd zu. »Wenn wir das hier überstanden haben, werde ich unsere Waldseele fragen, ob ihr auch mal eine Unterrichtsstunde mitmachen dürft. Aber zuerst musst du springen.«

Für einen Moment sah sich Ella zwischen anderen Beschützern des Waldes sitzen, wie sie gemeinsam Unterricht in der Anwendung ihrer magischen Fähigkeiten erhielten. Sie würde alles über die übrigen Flüsterwälder erfahren, die Wesen, die darin lebten. Das würde so spannend werden! Doch zuerst … Ella holte tief Luft und sprang in den See.

Es sah eindeutig nicht so elegant aus wie bei Zoe, die ein paar Meter vom felsigen Ufer entfernt im Wasser wartete. Noah platschte neben ihr in das dunkle Nass. Womit Ella allerdings nicht gerechnet hatte, war, dass es von einem Moment auf den anderen plötzlich dunkel wurde. Natürlich – im Wasser konnte Noah seine Magie nicht mehr ausüben! Die Blitze hätten den gesamten See und alles, was sich darin befand, unter Strom gesetzt. Das hätte ihre Flucht und ihr Leben auf der Stelle beendet.

Praktischerweise gab es da noch ein ziemlich einfallsreiches Regenbogengürteltier. Dundi ließ seinen Bauchpanzer leuchten. Die Farben schillerten und erzeugten ein Lichtmuster in den Tiefen des Sees. Ella blickte ins Wasser und für eine Sekunde hatte sie das Gefühl, so viel mehr zu sehen. Andere Wälder, tiefe Seen und Meere. Die Vielfalt einer gänzlich fremden Welt.

Genau in diesem Augenblick zupfte etwas an ihrer Erinnerung. Als wollte ihr Unterbewusstsein ihr sagen, dass sie wichtige Dinge vergessen hatte. Doch bevor Ella ihrer Erinnerung weiter nachgehen konnte, warf der See plötzlich Wellen.

»Das Wasser spürt die Magie«, flüsterte Zoe.

Und mit der Erschütterung kehrte Ella in die Gegenwart zurück. Die Angreiferkatzen waren an dem Ufer aufgetaucht, an dem sie eben noch selbst gestanden hatten. Angeführt wurden sie von Zottelfell. Über ihnen schwebte ein leuchtender Ball, der silbernes Licht versprühte.

»Ihr könnt nicht entkommen«, rief Zottelfell. »Und wohin auch? Euch erwartet nur Stein.«

Natürlich antwortete Ella ihm nicht. Sie war viel zu sehr darauf bedacht, in Dundis Nähe zu bleiben, damit sie den Unterschied zwischen Wasser und Luft ausmachen konnte. In der absoluten Finsternis war es gefährlich, zu schwimmen. Manche konnten oben und unten nicht mehr richtig unterscheiden, tauchten in die Tiefe und anstatt wieder nach oben zu schwimmen, schwammen sie noch tiefer hinab.

Licht war überlebenswichtig.

Und natürlich Geschwindigkeit. Denn die Katzen sprangen nun ebenfalls ins Wasser. In diesem Augenblick hätte Ella sich gewünscht, dass die Angreiferkatzen es wie die echten menschlichen Hauskatzen hielten. Die mochten kein Wasser. Doch ihre Verfolger erwiesen sich als perfekte Schwimmer, die rasend schnell aufholten.

Das rettende Ufer der gegenüberliegenden Seite kam viel zu langsam näher. Ella gab alles. Längst waren ihre Arme schwer und das Wasser schien seinen Widerstand verzehnfacht zu haben. Mit einer letzten Kraftanstrengung erreichte sie gleichzeitig mit Noah und Zoe das Ufer. Dundi folgte dichtauf.

Sie kletterten in die Höhe.

»Schnell!«, rief Zoe.

Sie verließen sich weiter auf Dundis Farben, da es für Noah zu gefährlich war, Blitze zu erzeugen, solange er noch nass war. Eilig hasteten sie in den Gang, der aus der Höhle hinausführte und steil anstieg.

Endlich tauchte vor ihnen Licht auf. Dort ging es ins Freie! Sie hatten es geschafft.

In dem Moment schabten direkt hinter ihnen Krallen über den Stein.

Gemeinsam

Ella

»Miau«, rief Zottelfell spöttisch. »Oder in eurer Sprache: Erwischt! Diese Flucht hättet ihr euch sparen können, ihr hattet niemals eine Chance.«

Die Katze verließ den Höhlenausgang, durch den Ella, Zoe, Noah und Dundi soeben ins Freie geflüchtet waren. Hinter Zottelfell, in der Dunkelheit der Höhle, leuchteten Dutzende von gelblich-kranken Augen auf. Und es wurden immer mehr.

»So leicht bekommst du uns nicht klein!«, rief Zoe.

»Ach ja?« Zottelfell blieb stehen und ließ sich auf den Hinterbeinen nieder. »Wo wollt ihr denn hin? In einen der anderen Wälder könnt ihr nicht und Hilfe ist nicht zu erwarten. Selbst wenn es euch gelingen sollte, euch irgendwo in diesem Wald zu verstecken, kommt ihr nicht heraus. Wir finden euch überall. Jeder der euch helfen könnte, ist schon lange versteinert.«

Ella sah sich hektisch zu den anderen um. Falls Zottelfell die Wahrheit sagte und der gesamte Wald versteinert war, blieb ihnen tatsächlich kein Fluchtweg offen. Es sei denn …

Blinzelmagie!, schoss es ihr plötzlich durch den Kopf.

Möglicherweise konnte sie ja doch bereits ohne weiteres Training darauf zugreifen. War es möglich, dass sie Zoe, Noah, Dundi und sich selbst einfach von hier wegblinzelte? Sie konzentrierte sich auf die Blinzelmagie in ihrem Inneren, wie sie es auch stets beim Knoten tat. Vertraut und warm spürte sie den Schein in sich wabern. Doch wie ließ er sich nutzen?

Ella blinzelte.

Nichts.

Sie blinzelte erneut.

»Ach wie goldig.« Zottelfell bedachte sie mit einem amüsierten Blick. »War das jetzt ein Versuch, dich wegzublinzeln, oder musstest du einfach auf die Toilette und es war dir peinlich?«

Die bösen Worte ärgerten Ella, doch sie konnte nicht viel dagegenhalten. »Es tut mir leid«, sagte sie an Noah und Zoe gewandt.

»Muss es nicht«, sagte Noah und trat einen Schritt nach vorn. »Wir sind nicht wehrlos!« Er schickte sich an, seine Blitzmagie zu rufen.

Es war eine aus der Verzweiflung geborene Attacke. Denn bedauerlicherweise war Noahs Haut durch das Schwimmen im See immer noch etwas nass. Das Ergebnis war ein *Puff*, gefolgt von einem Schmerzensschrei. Kleine Rauchwolken stiegen von seinen Fingern auf.

»Meine Angst steigt von Sekunde zu Sekunde«, sagte Zottelfell trocken. »Will noch jemand? Vielleicht werft ihr als Nächstes mit einem Wattebausch nach uns, das hält uns bestimmt auf.«

Weitere Katzen schoben sich ins Freie. Seltsam, so viele hatte Ella gar nicht bei ihrer Verfolgung bemerkt. Hatte Zottelfell sie alle gerufen? Dafür waren sie aber wirklich schnell hier gewesen. Konnten die Katzenlinien auch in der Dunkelheit benutzt werden, wenn gar kein Licht vorhanden war, es also eigentlich gar keine Schatten gab?

»Seid ihr dann also …?«, setzte Zottelfell an.

In diesem Augenblick flimmerte die Luft ungefähr zwei Schritte von Ella entfernt. Zuerst hielt Ella es für eine Einbildung. Sie glaubte tatsächlich, Lukas, Felicitas, Rani und Punchy zu sehen.

»Was ist das?«, fragte Zoe.

»Du kannst sie auch sehen?«

Die geisterhaften Erscheinungen nahmen Form an und schon standen Ellas Freunde direkt neben ihnen.

Klong. Rani schlug zwei Löffel zusammen.

Waren diese magisch und hatten sie die Freunde hierhergebracht?, fragte sich Ella.

»Ella!« Lukas umarmte sie mit einem freudigen Lächeln. »Wir haben uns solche Sorgen gemacht.«

»Du bist ja lustig«, sagte Rani zu Dundi, der sofort das Gürteltier entdeckt hatte. Er hoppelte zu ihm und deutete auf dessen farbigen Bauch. »Darf ich da auch etwas draufmalen?«

»Wir sind in Australien«, rief Felicitas freudig und drehte eine Pirouette in der Luft.

Punchy fauchte und lenkte damit die Aufmerksamkeit der Freunde auf die Bedrohung durch die Angreiferkatzen. Diese hatten ihr Fell gesträubt und näherten sich, den Leib angespannt wie eine Feder, die kurz davorstand, nach vorn zu schnellen.

»Wow, toll, jetzt könnt ihr im Schneidersitz einen Kreis bilden und euch austauschen, wer im Kampf gegen uns mehr versagt hat.« Zottelfell sprang wieder auf alle vier Pfoten.

Eine der Katzen schien besonders aggressiv. Sie warf sich fauchend auf Rani, der als pelziger Winzling wohl ein lohnenswertes Ziel versprach. Doch der Menok holte einmal aus und schlug der Katze die Löffel um die Ohren. Diese ergriff die Flucht.

Klong. »Das war lustig.«

»Sind das magische Löffel?«, fragte Ella leise an Lukas gewandt.

Lukas seufzte. »Nein. Rani hat nur gerade seine erste Schubphase. Alles ist für ihn lustig. Du wirst feststellen, dass Löffel es nicht sind. Nur nervig.«

»Oh.«

Rani linste bereits zur nächsten Katze. »Willst du auch?«

»Nein, will sie nicht«, rief Ella hastig.

»Oh doch, wir wollen alle«, widersprach Zottelfell. »Und weißt du, unsere Krallen«, sagte er und hob demonstrativ seine Pfote, »sind weitaus effektiver als Löffel.«

Rani streckte einen der Löffel aus wie einen Zauberstab. »Das werden wir sehen. Meine Löffel sind viel lustiger als deine Krallen.«

Zottelfell starrte den Menok verdutzt an. »Ist das irgendein Trick, um mich zu verwirren?« Seine Augen wurden zu schmalen Schlitzen. »Oder ist es eine magische Illusion? Hast du etwas anderes in der Pfote?«

Dundi stand neben dem Menok und blickte mit offenem Mund zwischen ihm und Zottelfell hin und her. »Ist es?«

Lukas schlug sich die Hand vor die Stirn. »Wenn ich noch einmal das Wort Löffel höre …«

Klong.

»Jetzt lass das, Rani!« Er wandte sich leise an Noah und Zoe. »Habt ihr einen Plan, um uns gegen sie zu behaupten? Ich könnte ein Siegel erschaffen, aber nicht so groß, dass es uns alle beschützt.«

»Tut mir leid, wir …«, begann Zoe und hielt plötzlich mitten im Satz inne. »Wenn sie alle wieder in der Höhle wären, könntest du den Ausgang dann mit einem Siegel verschließen?«

»Ich denke schon. Meine Angst ist gerade groß genug. Aber sie könnten die Katzenlinien benutzen, um zu entkommen.«

»Können Sie nicht«, mischte sich Punchy ein. »Die Höhle ist uralt und magisch, Katzenlinien führen nicht hinein oder hinaus.«

Ella nickte erleichtert. Dann blieb nur noch die Frage, wie sie die Katzen dazu bekamen, wieder in die Höhle zurückzukehren. Die kamen nämlich immer näher. Einige setzten bereits zum Sprung an, fauchend und mit ausgefahrenen Krallen.

»Nun, vielleicht habt ihr ja begriffen …«, begann Zottelfell.

Weiter kam er nicht.

Zoe entfesselte ihre magische Kraft. Und offensichtlich gehörte zu Donner auch Sturm. Wind peitschte gegen die Katzen und wie ein riesiges pelziges Knäuel wirbelten sie zurück Richtung Höhle. Eine der Angreiferkatzen knallte gegen Zottelfell, riss ihn um und kurz darauf verschwanden beide in der Höhle.

Lukas hob seine Hand und runzelte die Stirn. Er knabberte an der Unterlippe.

»Jetzt wäre der richtige Zeitpunkt«, sagte Zoe.

Ella wusste, dass eine Siegelerschaffung für Lukas kein Kinderspiel war. Er hatte es bei ihrem letzten Abenteuer im Gebirge der Schneekatzen lediglich unter Todesangst geschafft. Sozusagen instinktiv.

Aber ob es ihm gelingen würde, das Gefühl zurückzurufen, stand auf einem anderen Blatt. Und wollte er das überhaupt?

Die Luft waberte.

Und vor der Höhle baute sich eine bläulich schimmernde

Wand auf, wie ein Kraftfeld aus einem Science-Fiction-Film. Es versiegelte den Ausgang.

»Toll!«, rief Zoe.

»Danke«, ergänzte Noah.

»Es wird nicht ewig halten«, erklärte Lukas.

Die ersten Katzen warfen sich bereits dagegen.

»Ihr werdet uns nicht entkommen!«, rief Zottelfell.

Sie warteten nicht länger ab. Zoe setzte sich an die Spitze ihrer Gruppe und gemeinsam rannten sie tiefer in den australischen Flüsterwald.

Das Hauptquartier

Lukas

Lukas konnte es noch immer nicht fassen, dass es ihm gelungen war, bewusst ein Siegel zu erschaffen. Er war in Gedanken zurückgegangen zu ihrem Erlebnis mit der Lawine. Als die weißen Massen über ihm zusammengeschlagen waren, hatte er in Todesangst sein erstes Siegel manifestiert. In dem Moment, als er die Situation vor sich sah, hatte er die Angst von damals erlebt und es dadurch wiederholen können. Allerdings spürte er, dass das Siegel nicht lange halten würde.

»In ein paar Minuten werden sie uns wieder verfolgen«, sagte Lukas.

»Keine Angst, unser Hauptquartier ist nicht mehr weit

von hier. Zudem ist es magisch geschützt.« Noah warf einen Blick über die Schulter. »Dorthin kommen sie nicht.«

Felicitas sauste durch die Luft und drehte wie gewohnt ihre Loopings. Dabei blieb sie jedoch in Ellas Nähe. »Geht es dir gut?«

»Ich bin froh, dass ihr hier seid«, erwiderte Ella. »Wie auch immer ihr das geschafft habt.«

Klong. Die Löffel schepperten. »Es war dein lustiger Großvater.«

Da Rani auf Lukas' Schulter saß, war das Scheppern der Löffel für ihn noch nerviger.

»Würdest du bitte damit aufhören.« Lukas sprang über eine Wurzel. »Sonst musst du wieder runter.«

»Hätte ich eine Gabel, könnte ich dir jetzt das Haar kämmen«, sagte der Menok. »Dann wärst du eine Menschenprinzessin und ich deine Zupfe.«

Lukas stöhnte auf. »Erstens heißt das Zofe und zweitens … wieso reagiere ich überhaupt darauf?«

Ella kicherte. »Ach, ich habe euch vermisst.«

Auch Zoe und Noah pressten nach dem Wortwechsel die Lippen aufeinander, um ein Lachen zu unterdrücken.

Dundis Regenbogenbauch leuchtete, was im Zusammenhang mit seinem Grinsen vermutlich ebenfalls eine emotionale Reaktion darstellte.

Punchy verlegte sich wie immer aufs Schweigen und Lauschen. Sie sprach ja generell nur, wenn es absolut notwendig war.

Mittlerweile war der Wald immer dichter geworden und sie kämpften sich zwischen den Pflanzen hindurch. Auf einigen Bäumen sah Lukas Geschöpfe, die Koalabären ähnelten. Sie waren alle versteinert. Erst bei ihrem Anblick nahm er die Stille ringsum wahr. Es gab keine Vögel, kein Gezwitscher – die ständigen Hintergrundgeräusche eines lebendigen Waldes existierten nicht mehr.

»Es ist traurig«, sagte Zoe, die seinen Blick bemerkt hatte. »Und alles, weil wir versagt haben.«

Auf Lukas' verwirrten Blick hin erklärte sie, dass Noah, Dundi, eine Geisterelfe namens Zara und sie selbst die Beschützer dieses Flüsterwaldes waren. Bisher hatte Lukas nicht einmal gewusst, dass es verschiedene Arten von Elfen gab.

»Oh ja«, bestätigte Felicitas. »Es gibt sogar recht viele verschiedene in den jeweiligen Flüsterwäldern.«

Bevor Lukas genauer nachhaken konnte, was eine Geisterelfe denn war und wie sie sich von einer gewöhnlichen Elfe unterschied, hielten sie plötzlich an. Die Geschwister hatten sie an den Rand eines Sees geführt.

»Schon wieder«, seufzte Ella.

»Keine Angst, wir sind da.« Noah grinste. »Unser Hauptquartier befindet sich zwar am Grund des Sees, aber wir werden dort trocken ankommen.«

»Das ist so spannend.« Felicitas drehte einen Looping.

Klong. »Und lustig.« Rani schnupperte. »Ich rieche die Magie.«

Zoe führte sie zu einem Haufen Geröll zwischen den Bäumen, die das Ufer des Sees säumten. Hier hob sie beide Hände. »Portal, die Beschützer des Waldes erbitten Einlass!«

Wie Sand, der einen Hang hinunterrieselte, teilte sich das Geröll. Darunter kam ein rundes Portal aus Holz zum Vorschein. Es schob sich seitlich in die Erde und gab den Blick auf einen senkrechten Schacht frei.

»Ist magisch«, sagte Zoe und sprang hinein.

»Äh«, sagte Lukas.

Noah schlug ihm beruhigend auf die Schulter. »Man schwebt hinunter. Aber beeilt euch, das Tor schließt sich nach ein paar Sekunden.« Er hüpfte hinterher.

Felicitas tat natürlich das Naheliegendste und schoss in den Schacht. Punchy hatte also keine Wahl und sprang mit einem genervten Maunzen hinterher.

»Falls du dich fürchtest, Rani …«, begann Lukas.

Klong. »Das wird lustig.« Der Menok hüpfte, sein Hinterteil voran, in den Schacht.

Ella starrte ihm verdutzt nach. »Ich erkenne ihn gar nicht wieder.«

»Er ist so nur für kurze Zeit.« Lukas winkte ab. »Geht es dir wirklich gut?«

Sie nickte. »Aber es war ganz schön knapp. Was ist zu Hause los?«

»Deine Mutter und Konrektorin Abeni haben mittlerweile die Polizei eingeschaltet. Wir müssen dich schnell wieder zurückbringen.« Er machte eine einladende Handbewegung. »Nach dir.«

»Ah, die Theater-AG hat schon Auswirkungen.« Ella zwinkerte und sprang in den Schacht.

Eines war sicher, wenn die Magie des Schachts versagte, würde Lukas weich landen. Auf allen anderen nämlich. Lukas zurrte seinen Rucksack noch einmal fest und sprang in die Tiefe. Immerhin war der wabenförmige Splitter an seinem Armband nach wie vor durchsichtig, es bestand also keine Gefahr, dass er nicht mehr in seinen richtigen Körper zurückkonnte. Dennoch wusste er, dass er sich auch hier ernsthaft verletzen konnte.

Über ihm schloss sich das Holzportal und die Steine rumpelten wieder an Ort und Stelle. Inmitten eines silbern schimmernden Nebels, der wie tausend winzige Staubpartikel in der Sonne flimmerte, schwebte Lukas hinab. Unten befand sich eine Plattform aus Holz, die wie das Portal am oberen Ende aussah.

Es wurde immer deutlicher, dass die Zauberin zwar den lebenden Wesen Energie nahm, die kleineren Zauber und Magie aber zum Glück noch funktionierten. Hing das möglicherweise mit dem Material zusammen, in das sie eingewoben waren? Er musste unbedingt Felicitas dazu befragen.

Sanft kam Lukas auf.

»Wow«, entfuhr es ihm.

»Das habe ich auch gesagt.« Ella stand mit offenem Mund neben ihm und blickte sich staunend im Hauptquartier um.

Nachdem sie einen kurzen Gang passiert hatten, erreichten sie einen kuppelförmigen Bau, der sich auf dem Grund des Sees befand. Auf der anderen Seite des Glases schwammen Fische vorbei. Einer davon winkte ihnen sogar zu. Lukas blickte ihm verdutzt nach. Die magischen Wasserwesen waren von der Versteinerung offensichtlich ebenfalls verschont geblieben. Bedeutete das, dass hier unten jeder sicher war?

Das Innere der Kuppel bestand aus einem einzelnen großen Raum, der durch Möbel in verschiedene Bereiche unterteilt war. Lukas erkannte einen viereckigen Trainingsbereich, eine Küche und sogar mehrere Betten. Weiter hinten gab es eine Bibliothek und es juckte ihm in den Fingern, die Bücher zu studieren. Sein Englisch war recht gut, er konnte problemlos Texte lesen.

Mit einem Stirnrunzeln wurde Lukas plötzlich bewusst, dass er mit Zoe, Noah und Dundi ja Deutsch sprach.

Darauf angesprochen winkte Zoe ab. »Das glaubst du nur. Die Seelen der Wälder haben schon vor langer Zeit festgestellt, dass die Sprache unglaublich wichtig ist, um jemanden zu verstehen. Also wirklich richtig zu verstehen. Deshalb gibt es die globalen Flüsterzauber, die in jedem Wald wirken. Sie sorgen dafür, dass es niemals zu Sprachbarrieren kommt. Jeder kann jeden verstehen.«

»Gilt das auch für Bücher?« Lukas deutete auf die Bibliotheksecke.

»Ich fürchte nein«, sagte Noah. »Und für magische Worte ebenfalls nicht. Da musst du schon die jeweilige Sprache lernen oder einen ganz spezifischen Sprachzauber anwenden. In unserer Bibliothek stehen sehr alte Texte in vergessenen Sprachen, aber auch auf Englisch.«

Entlang der Innenseite der Kuppel befand sich ein gemütlicher Sitzbereich, wo ein Sofa stand, dazu ein Sitzsack, ein hängender Sitzsessel und ein schwebendes Sitzkissen. Nacheinander nahmen sie alle Platz.

»Wir müssen die Zauberin aufhalten«, sagte Ella. »Dafür brauchen wir einen Plan.«

»Und wir müssen uns beeilen.« Felicitas hob ihre rechte Hand in die Höhe.

Der Stein an ihrem Armband hatte sich verdunkelt. In Kürze musste sie den australischen Wald wieder verlassen und in ihren Körper zurückkehren.

Oder für immer als Geisterschimmer hierbleiben.

Pläne schmieden

Lukas

Dundi und Rani verstanden sich wie vermutet prächtig.

Es dauerte exakt drei Minuten, dann hatte Rani das Regenbogengürteltier dazu gebracht, als Trommel herzuhalten. Wie ein Schlagzeuger schlug Rani mit den Löffeln auf Dundis Panzer.

»Hihi, das kitzelt.« Das Regenbogengürteltier lachte zitternd.

»Oh ja, die böse Zauberin muss sich vor uns in Acht nehmen«, sagte Lukas trocken. »Wir greifen sie mit Löffeln an, bis sie vor Lachen aufgibt.«

Netterweise reichte Noah ihm eine Tasse mit frischem

Kakao. Tatsächlich konnte Lukas problemlos trinken und er spürte, wie sein Magen sich angenehm füllte. Wie der Professor gesagt hatte, besaßen sie einen richtigen Körper und alles, was sie hier mit ihrem Geisterschimmerkörper anstellten, wurde auf ihren echten in der Werkstatt des Professors übertragen.

Nach ein paar Minuten hatten sie sich gegenseitig auf den neuesten Stand gebracht.

Immer wieder schielte Lukas auf Felicitas' Armband. Aus irgendeinem Grund verdunkelte sich ihr Glassplitter schneller als bei allen anderen. Sobald er sich noch dunkler verfärbte, musste sie zurückkehren.

»Es gibt nur einen Ausweg.« Ella ging unruhig im Raum auf und ab. »Wir müssen die Apparatur der Blinzelingenieure zerstören. Das wollten wir ja sowieso als Nächstes tun. Dann kann die Zauberin keine Magie mehr entreißen.«

»Das geht auf keinen Fall«, stellte Zoe klar. »Was ist, wenn die gespeicherte Magie dann einfach verschwindet? Unsere Freunde würden zu Stein erstarrt bleiben. Wir müssen sicherstellen, dass die Magie zurückfließt.«

Lukas nickte zustimmend. Auf keinen Fall durften die Wesen für immer steinerne Statuen bleiben. Das wäre schrecklich. Wenn ihm so etwas passieren würde, würde er auch auf die Hilfe der anderen hoffen. »Damit gibt es nur eine Möglichkeit.« Alle Augen wandten sich ihm zu. »Wir müssen uns diese Schöpfungsapparatur holen. Dann schalten wir sie ab, sodass sie keine Magie mehr entziehen kann, und anschließend bringen wir sie in unseren Flüsterwald in Deutschland. Dort können die Blinzelingenieure die Magie bestimmt zurückfließen lassen, immerhin haben sie die Apparatur ja gebaut. Und mithilfe von Ellas Blinzelmagie und meiner Siegelmagie könnten wir die Magie aus der Schöpfungsapparatur auch über die Blinzelverbindungen in die anderen Wälder zurückleiten.«

Letztlich würden sie den Plan der Zauberin gegen sie verwenden.

Ella spann den Gedanken noch weiter. »Wir könnten die Apparatur in die Herzburg bringen. Dann könnte unser Herz, nachdem es sich wieder mit den anderen Seelen verknüpft hat, auch die Versteinerung eurer Waldseele rückgängig machen. Und in der Herzburg kommt die Zauberin nicht mehr an die Schöpfungsapparatur heran, sie ist momentan der sicherste Ort in allen Flüsterwäldern.«

Sie mussten davon ausgehen, dass die Angreiferkatzen sie bis in den heimischen Flüsterwald verfolgten, daher war die Idee, die Apparatur in der Herzburg zu verstecken, gar nicht so schlecht.

»In der Herzburg wären wir sicher und die Apparatur ebenfalls«, sagte Lukas zustimmend.

Womit sie ihr Ziel bereits zusammengefasst hatten. Stellte sich noch die Frage, wie der Weg dorthin aussehen mochte. Immerhin gebot die Zauberin über eine ganze Menge Angreiferkatzen.

»Wir dürfen auch nicht außer Acht lassen, dass wir die wahre Macht unserer Feindin gar nicht kennen«, sagte Ella. »Sie versteckt sich hinter diesem stinkenden Nebel. Wir wissen, dass sie eine Möglichkeit besitzt, zwischen den Flüsterwäldern zu wechseln. Aber wie? Außerdem hat sie offensichtlich Zugriff auf den Trank gehabt, der Flüsterwesen und Menschen in Katzen verwandeln kann. Auch ohne die Schöpfungsapparatur ist sie gefährlich und sie wird alles tun, sie zurückzubekommen.«

Lukas trank einen großen Schluck Kakao. »Aber egal wie mächtig sie ist, in die Herzburg kann sie nicht eindringen.«

Noah saß im Schneidersitz auf dem Kissen und nickte bei diesen Worten bedächtig. »In unserem Wald ist es ihr nur deshalb gelungen, weil die Seele geschwächt war. Das ist sie ständig. Jedes Jahr nach den großen Bränden. Ein gewöhnlicher Magier kann andernfalls niemals gegen eine Waldseele bestehen.«

Was die Herzburg zu einem der sichersten Orte machte. Das Herz war gerade neu erstanden und strotzte nur so vor Kraft. Bevor es zurückgekehrt war, war es im Verlaufe der Jahre sowohl in Felicitas als auch in ihrer Mutter herangereift. Durch die neue Verbindung war es jetzt stärker als je zuvor. Zwar musste es erst seinen Platz in der Welt wieder richtig einnehmen und die alten Verbindungen neu knüpfen, doch es war stark.

»Dann ist es beschlossen.« Ella nickte grimmig. »Wir nehmen dieser gemeinen Zauberin die Apparatur ab und dann ist dieser Kampf vorbei.«

Klong. »Was ist mit den Katzen?« Rani blickte neugierig von einem zum anderen.

»Darum können wir uns kümmern, sobald die Apparatur aus dem Verkehr gezogen wurde«, sagte Lukas. »Der Professor hat versprochen, einen Rückwandlungstrank anzufertigen. Dann erfahren wir endlich, welche Wesen sich hinter den verwandelten Katzen verbergen.«

Um die Zauberin rankten sich zahlreiche ungelöste Rätsel. Lukas wollte alles erfahren und natürlich wünschte er sich, dass die versteinerten magischen Wesen so schnell wie möglich wieder lebendig wurden. Doch der entscheidende Punkt ihres Plans war die Schöpfungsapparatur. Solange diese aktiv blieb, wuchs die Macht der Zauberin, während magische Wesen versteinert wurden und jeglicher Widerstand damit schrumpfte.

»Doch erst einmal müssen wir herausfinden, wo die Schöpfungsapparatur überhaupt ist. Ihr kennt euch hier am besten aus«, wandte Felicitas sich an Noah und Zoe. »Habt ihr eine Idee, wo die Zauberin die Apparatur versteckt haben könnte?«

Die beiden Geschwister sahen einander an.

»Das ist nicht schwer«, sagte Noah zu Felicitas. »Am Ritualplatz wollte die Zauberin Ella die Blinzelmagie entziehen. Aber damit die Apparatur wirkt, musste sie diese direkt zu unserer Waldseele bringen und zusätzlich mit den Traumzeitverbindungen hier im Wald verweben, das konnte ich durch meine Meditationsübung in der Gefangenschaft erkennen.«

Lukas nickte wissend. Er konnte sich bereits denken, wo die Waldseele sich befand. »Der rote Felsen.«

»Der *Uluru*«, bestätigte Zoe. »In ihm existiert unsere Waldseele. Wie euer Herz in seiner Burg.«

Lukas' Gedanken wanderten zu ihrem Abenteuer im Katzenwald. Er konnte sich schon denken, was sie am Ziel erwartete. Zahlreiche Katzen, die die Schöpfungsapparatur bewachten. Und nachdem sie gerade am Höhlenausgang gegeneinander gekämpft hatten, wussten die Angreiferkatzen, dass Lukas und die anderen vor Ort waren. Zudem kannten sie nun auch definitiv ihre Fähigkeiten.

Ob Siegelmagie, Blitz und Donner oder Regenbogenmagie, sie würden darauf vorbereitet sein.

»Wir können da nicht einfach reinspazieren«, sagte Ella, als habe sie Lukas' Gedanken gelesen. »Wir benötigen einen Plan.«

Noahs Blick richtete sich in die Ferne, bevor er wieder in die Gegenwart zurückkehrte. »Ich habe da eine Idee. Wir müssten uns dafür in zwei Gruppen aufteilen, um an zwei Punkten anzusetzen.«

Er berichtete von seinem Plan und nach einigen Diskussionen und Anpassungen beschlossen sie, es zu versuchen. Sie teilten sich in zwei Gruppen auf. Im Hintergrund vernahm Lukas das unweigerliche Ticken einer Uhr. Ihr Aufenthalt hier war zeitlich begrenzt, sie mussten also Erfolg haben, bevor die Glassplitter ihrer Armbänder sich alle dunkel verfärbten. Mittlerweile hatte auch der von Punchy begonnen, an Klarheit einzubüßen. Hatte es möglicherweise etwas mit der Stärke der Magie zu tun, die der Trägerin oder dem Träger innewohnte?

Noah ging in eine Ecke des Raums und stellte sich dort vor ein Periskop, wie es sie in U-Booten gab. Das Ganze sah aus wie ein Ofenrohr, das aus der Decke der Glaskuppel ragte. Am unteren Ende konnte man hineinsehen. Mithilfe einer Kurbel ließ sich das Rohr in der Länge so weit ausfahren, dass das andere Ende die Oberfläche des Sees durchstieß. »Sieht so aus, als wären keine Angreiferkatzen in der Nähe«, sagte Noah, während er mit gerunzelter Stirn in das untere Ende des Periskops hineinstarrte. »Auch das Magieglas findet nichts.«

Er erklärte Lukas auf Nachfrage, dass das Periskop nicht nur zur Beobachtung der Umgebung außerhalb des Sees geeignet war, man konnte auch ein farbiges Magieglas vor die Linse schieben und dadurch sehen, ob sich magische Wesen in der Nähe des Sees aufhielten.

»Legen wir los.« Zoe klatschte in die Hände.

Klong. Rani schepperte mit den Löffeln. »Legen wir los.«

Gemeinsam verließen sie das Hauptquartier unter dem See und machten sich daran, ihren Plan auszuführen.

Einen Traum weit entfernt

Ella

Eigentlich hätte Ella gerne gemeinsam mit Lukas den nächsten Teil dieses Abenteuers bestritten. Doch wenn ihr Plan klappen sollte, mussten Lukas und sie sich auf verschiedene Gruppen aufteilen. Jeder von ihnen wurde für einen Teil des Plans gebraucht. Und so befanden sich an Ellas Seite Noah, Felicitas und Punchy. Ihr gemeinsames Ziel war der *Uluru*, der rote Felsen, und damit der Sitz der Waldseele. Dort würden sie versuchen, an die Schöpfungsapparatur zu gelangen.

Um den *Uluru* zu erreichen, hatten sie beschlossen, die Traumzeitlinien zu benutzen. Diese hatten den gleichen Zweck wie die Blinzelbahn des australischen Flüsterwaldes und ließen sie schnell von einem Ort zum anderen reisen. Wie die Blinzelbahn besaßen auch die Traumzeitlinien entsprechende Einstiegspunkte. Wie die genau aussahen, hatte Noah nicht erzählen wollen. Er hatte nur gegrinst und Ella gesagt, sie solle abwarten.

Auf dem Weg sah Ella zahlreiche Wesen, die Kängurus ähnelten, andere sahen wie Faultiere aus. Alle standen zu Stein erstarrt in der Landschaft oder hingen versteinert im Geäst der Bäume.

Vor ihnen tauchte eine Felsformation auf, kreisrund mit einem Loch in der Mitte. Auf dem Stein waren Symbole angebracht. Noah trat heran und berührte die Symbole in schneller Folge. Sie leuchteten auf und das Innere des Steins begann zu wabern. Es sah aus, als blicke man an einem heißen Sommertag über Asphalt – die Luft flimmerte.

»Nach euch.« Noah machte eine einladende Armbewegung.

»Das ist so aufregend.« Felicitas sauste durch die flimmernde Steinwand hindurch.

Punchy maunzte genervt und sprang hinterher. Ella hörte sie noch sagen: »Wenn sie nur etwas vorsichtiger wäre!«

»Was befindet sich denn auf der anderen Seite?«, fragte Ella.

Noah zwinkerte und trat selbst durch das Flimmern.

»War ja klar.« Ella stieg hinter ihm hindurch. »Oh!«, entfuhr es ihr überrascht.

Sie befanden sich in einer runden Höhle, deren Boden mit flauschigen Kissen ausgelegt war. An der Seite standen Becher mit dampfendem Tee. In der Luft lag der Geruch von Lavendel.

Noah trat an die Wand, an der eine Steinplatte hing. Auf ihrer Oberfläche waren Linien eingeritzt, die in kleinen Kreisen mündeten. In einem davon war ein farbiger Kristall eingelassen. »Das ist das Netz der Traumzeitpfade. An der Stelle des grünen Kristalls befinden wir uns. Ich setze ihn jetzt auf unser Ziel.«

Felicitas flatterte aufgeregt mit den Flügen. »Und jetzt müssen wir blinzeln?«

»Nein«, sagte Noah. »Schlafen.«

Ella starrte ihn an. »Als ob wir auf Kommando einschlafen könnten.«

»Deshalb heißt es Traumzeitpfad oder Traumzeitlinie«, erklärte er schmunzelnd. »Wir reisen im Schlaf.«

In diesem Augenblick wäre Ella froh darüber gewesen, die erste Meditationsstunde von Lukas' Mutter bereits besucht zu haben. Wie sollte sie hier einschlafen?

»Nehmt Platz!« Noah deutete auf die Kissen. »In den

Bechern befindet sich Lavendeltee mit Zimt und Kardamom. Wenn ihr möchtet, könnt ihr einen Schluck trinken.«

Ella wollte.

Felicitas ebenfalls.

Nur Punchy streckte sich aus, rekelte sich und gähnte.

»Echt jetzt?«, fragte Ella.

»Ich bin es gewohnt, Schlaf zu bekommen, wann immer es geht«, erklärte die Katze.

Was vermutlich daran lag, dass sie als Beschützerin von Felicitas hoch konzentriert sein musste und jede Pause gebrauchen konnte.

»Nehmt eine bequeme Position ein!«, bat Noah. »Schneidersitz wäre optimal.«

Ella kam der Aufforderung nach, wobei sie sich immer noch fragte, wie sie dabei einschlafen sollte.

»Jetzt schließt die Augen. Tief einatmen und wieder ausatmen. Konzentriert euch auf den Atem. Stellt euch vor, ihr könnt sehen, wie er durch eure Nase in den Körper strömt, dort verweilt und über den Mund wieder ausgeatmet wird. In einem ständigen Kreislauf wird er zu einem Teil von euch, bevor ihr ihn abgebt.«

Ella spürte, wie ihre Brust sich hob und senkte, sah den Atem visualisiert vor sich. Er durchströmte sie in einem gleichmäßigen Takt. Langsam. Erdend. Er trug die Note von Lavendel mit sich. Eine innere Ruhe überkam sie.

Das Bild eines Urlaubs in Griechenland blitzte vor ihrem inneren Auge auf – damals noch mit ihrem Vater. Sie hatte dort morgens die Balkontür ihres Zimmers in einer Finca geöffnet. Direkt davor lag das spiegelglatte Meer, in dem die Sonne funkelte wie tausend Kristalle. Der Inbegriff von Ruhe.

Ihr Geist trieb ab.

Mit einem letzten klaren Gedanken nahm sie die typische Wärme und Geborgenheit eines heraufziehenden Schlafs war.

Sie spürte einen sanften Stubs.

»Aufwachen!« Es war Noahs Stimme. »Wir sind da.«

Ella blinzelte. »Was?«

Felicitas gähnte gerade und schlug verschlafen mit ihren Flügeln. »Das ist eine angenehme Art zu reisen.«

Punchy maunzte zustimmend.

Noah grinste breit. »Und man bekommt Übung darin, schnell einzuschlafen.«

Ella blickte sich um. Die Höhle, in der sie sich befand, war das exakte Ebenbild der vorherigen. Mit einer Ausnahme: Auf der Karte mit den Traumzeitpfaden, die auch hier an der Wand hing, war etwas anders. Ella erkannte, dass jetzt ein blauer Stein ihre Traumzeitpfad-Station markierte. Vermutlich befand sich der grüne Stein in der alten Höhle nun wieder auf der Ausgangsposition.

»Müsst ihr dann oft solche kurzen Schlafphasen abhalten?«, fragte Ella.

Noah zuckte mit den Schultern. »Für uns ist es ja Nacht, wenn wir im Flüsterwald unterwegs sind, und wir würden zu dieser Zeit normalerweise sowieso schlafen. Deshalb fällt es uns leicht. Problematisch ist es nur, wenn wir gerade eine Verfolgungsjagd hinter uns haben oder die Zeit drängt. Aber mittlerweile kriegen wir auch das ganz gut hin.«

Sie verließen die Höhle.

Draußen erwartete sie ein anderes Bild. Wo zuvor dichter Wald gewesen war, breitete sich eine weite, trockene Ebene aus. Aus dem Boden wuchsen vereinzelte Grasbüschel. Und in der Ferne erhob sich ein riesiger lang gezogener roter Felsen.

»Der *Uluru*«, sagte Noah versonnen.

»Ich kann die Magie in ihm spüren«, wisperte Felicitas. »Dort wohnt eine mächtige Waldseele. Sie beschützt dieses Land, bietet Zuflucht für alle.«

Der Gedanke, dass eine böse Macht die Beschützerin der Natur Australiens versteinert hatte, brach Ella das Herz.

Der Kontinent musste schon genug schreckliche Dinge ertragen.

»Wir werden eurer Waldseele helfen«, sagte Ella entschlossen. »Wir schaffen das.«

Sie liefen in Richtung des roten Felsens.

»In dieser Region leben die *Anangu*«, erklärte Noah. »Für sie ist der *Uluru* ein Heiligtum. Einige von ihnen wissen um die Seele im Inneren und um die Verbindung zum verborgenen Flüsterwald. Die Traumzeit verbindet alles, das menschliche und das magische Reich. Unter den *Anangu* gibt es zahlreiche Traumwanderer, die den Flüsterwald als Geister durchstreifen.«

Ella konnte die Erhabenheit dieses Ortes spüren, die sehr viel tiefer ging als das, was das bloße Auge erkennen konnte. Es war Schönheit in ihrer reinen, unberührten Form. Kostbar und fragil.

»Das ist seltsam«, sagte Punchy. »Ich kann keine Angreiferkatzen spüren.«

Verwirrt sah Ella sich um. »Sie hätten uns eigentlich längst auflauern müssen, oder?«

»Es sei denn …«, Noah schluckte, »… es sei denn, die Zauberin hat ihren Plan bereits vollendet und über den Zugriff des Seelenbundes sämtliche Flüsterwälder versteinert. Das würde bedeuten, dass sie sich mit der Schöpfungsapparatur nun schon auf dem Weg in Richtung eures Flüsterwaldes befindet.«

Ella spürte, wie ihr Herz schwer wurde.

Sie wechselte einen schnellen Blick mit Noah.

Gemeinsam eilten sie auf den *Uluru* zu.

Im Schatten des Uluru

Ella

»Früher gab es hier häufig Massen von Touristen«, erklärte Noah, während sie sich dem *Uluru* näherten. »Doch heute darf niemand mehr hinaufklettern.«

Es war offensichtlich, dass er versuchte, die anderen von den schlimmen Befürchtungen, dass sie zu spät kamen, abzulenken. Dennoch lag in seiner Stimme eine Bitterkeit, die Ella verdeutlichte, was er davon hielt, dass jeder der genug zahlte, mal eben auf diesen besonderen Felsen klettern durfte.

»Aber steigen wir nicht ebenfalls hinauf?«, fragte sie.

»Wir gehen hinein.«

Sie erreichten kurz darauf die Felswand. Rötlicher Stein ragte vor ihnen auf und erstreckte sich in den Himmel. Noah berührte mit beiden Händen die Wand und stimmte eine Melodie an. Sie kündete von Weite und Leben, Sonne und Natur. All das und mehr schwang mit, ohne dass Ella es hätte erklären können.

Vor ihnen bildete sich ein Riss im Gestein. Rötlicher Sand rieselte herab, der Spalt wurde größer. Dahinter lag ein Pfad, der steil in die Höhe führte. Rötliches Licht waberte im Inneren wie ein feines Nebelgespinst und vertrieb die Dunkelheit.

Ella wappnete sich für Attacken, doch nach wie vor geschah nichts.

»Die Angreiferkatzen waren auf jeden Fall hier, ich kann Rückstände ihres Geruchs wahrnehmen«, sagte Punchy.

Kaum dass sie den Gang betreten hatten, schloss sich hinter ihnen wieder der Felsen.

»Vielleicht …«, begann Noah.

Im nächsten Moment machte es *Puff*. Eine Wolke aus karmesinrotem Sand umwogte sie und verschwand.

Ella hustete sich die Seele aus dem Leib. Gleichzeitig nahm sie wahr, dass sie nicht mehr in dem Gang standen, der steil nach oben führte. Stattdessen befanden sie sich jetzt in einer Höhle.

»Verdammt«, fluchte Noah. »Das hier sind die Katakomben unter dem *Uluru*. Die Zauberin hat wohl doch mit unserem Erscheinen gerechnet und anstelle ihrer Katzen eine magische Überraschung für uns hinterlassen. Sie hat uns teleportiert. Hier befinden sich die Lagerstätten für unsere Artefakte, archivierte Papiere und vieles mehr. Die anschließenden Räume enthalten vor allem Gerümpel.«

»Sie hat uns also in den Keller verbannt?«, fragte Ella mit gerunzelter Stirn und blickte sich um. »Dann gehen wir doch einfach hinauf.«

Noah lief zur Tür und schaute vorsichtig in den nächsten Raum. »So einfach wird das wohl nicht werden. Dieser Raum sollte nicht hier sein.«

»Wie meinst du das?«, fragte Felicitas.

Die Elfe schwebte auf Kopfhöhe neben Noah und blickte neugierig in den angrenzenden Raum.

»Eigentlich müsste sich ein anderer Raum anschließen. Nicht dieser«, erklärte Noah nachdenklich. »Ich weiß zwar nicht, wie, aber die Zauberin hat, wie mir scheint, die Räume hier unten magisch vertauscht. Der Weg nach oben … wir müssen ihn suchen.«

»Legen wir los.« Felicitas sauste zur Tür hinaus und in den nächsten Raum hinein.

Die anderen folgten.

Plötzlich verschoben sich die Wände. Die gegenüberliegende Tür verschwand und zwei andere erschienen. Der gesamte Raum rotierte einmal um sich selbst.

»Oh nein!« Felicitas schwebte zur rechten Tür, öffnete sie und blickte hindurch. »Diese führt zurück in den Raum, aus dem wir gekommen sind.« Sie flog zur anderen Tür und öffnete sie ebenfalls einen Spalt. »Diese Tür führt nach draußen.«

Ella folgte dem Blick der Elfe und nickte. Keine der beiden Durchgänge brachte sie ihrem Ziel näher. Sie mussten offensichtlich einen anderen Weg finden.

Der Raum war vollgestopft mit Kisten, aus denen Gerümpel ragte. Es sah nicht wie magische Utensilien aus, die kannte Ella zur Genüge aus der Werkstatt ihres Großvaters. Selbst wenn man nicht genau wusste, wofür die magischen Dinge gedacht waren, konnte man doch irgendwie fühlen, dass sie etwas Besonderes waren. Hier war das anders.

Noah trat an eine der Kisten heran und zog einen angebrochenen Stab hervor. »Das ist die Gerümpelkammer. Bei unseren Trainings-Schulstunden hier im *Uluru* geht immer mal wieder etwas zu Bruch.«

Felicitas flog neugierig zu einer angebrochenen Glaskugel. »Aber die hier kann man doch reparieren. Das wäre ein schönes Zuhause für Blumen.«

Noah nickte. »Deshalb wird hier auch alles noch aufbewahrt. Mit unserem Magietecht, das ist unser Lehrer für magische Artefakte, entwickeln wir gemeinsam Apparaturen. Aktuell basteln wir in seiner Werkstatt an einem Recycling-Trichter. Da können wir dann alles hineinwerfen und bekommen die Grundmaterialien wieder heraus. Aus dem Speer könnte man nach dem Recyceln Holz, ein paar Federn und Farbe gewinnen.«

Den Gedanken fand Ella faszinierend. Eine magische Recycling-Apparatur wäre überaus praktisch und würde obendrein Müll einsparen. »Können wir von dem Zeug hier etwas benutzen?«

Noah schüttelte den Kopf. »Es sind ausgemusterte Gegenstände, die keine Funktion mehr erfüllen. Leider.«

Sie mussten also nach einer anderen Lösung suchen.

»Kannst du den Uhren-Blinzel-Zauber einsetzen, Felicitas?«, fragte Ella. Felicitas' spezieller Blinzelzauber ließ sie meistens irgendwo anders rauskommen, als die Elfe vorgehabt hatte, und war daher nicht ganz ungefährlich. Doch in dieser Situation sah Ella keinen anderen Ausweg.

»Leider nicht«, entgegnete die Elfe. »Die Wände hier bestehen nicht aus gewöhnlichem Stein. Sie sind über ihre sichtbare Substanz hinaus verdickt. Das ist wie bei dem geheimen Studierzimmer auf Lukas' Dachboden. Es ist in Wahrheit größer, als es eigentlich mit normalen Augen wahrnehmbar ist. Daher kann ich den Zauber nicht anwenden.«

»Und jetzt?« Ella blickte sich ratlos um.

»Dieser Raum hat normalerweise keinen Ausgang aus dem Berg«, erklärte Noah. »Der Übergang zu dem Zimmer, an das er normalerweise angrenzt, müsste eigentlich noch vorhanden sein. Vielleicht magisch maskiert.«

Sie begannen, die Wände des Raums genauestens abzusuchen, fanden jedoch nichts. Der ursprüngliche Durchgang schien nicht mehr zu existieren.

»Möglicherweise hilft ein wenig Magie«, schlug Felicitas vor. »Ich könnte Echos von uns erschaffen, die durch eine der beiden sichtbaren Türen hinausgehen. Dann glaubt der Zauber, dass wir weg sind, und mit etwas Glück nehmen alle Räume wieder ihre normale Position ein.«

Eine Idee, die Ella durchaus verlockend fand. Vor allem aufgrund der Tatsache, dass der Glassplitter am Handgelenk der Elfe sich weiter dunkel verfärbt hatte. Er war jetzt fast schwarz. Viel Zeit blieb Felicitas nicht mehr.

»Es ist einen Versuch wert«, stimmte auch Noah zu.

Felicitas drehte vor Freude einen Looping. Es geschah nicht oft, dass sie zaubern durfte. Obwohl sie nicht länger einen Teil der Herzseele in sich trug, war immer noch ein winziger Rest der mächtigen Herzmagie in ihr zurückgeblieben. Ihre Magie blieb also wuchtig. Das führte schon mal dazu, dass Zauber schiefgingen und Rani ungeplant an ein Buch geklammert durch die Luft sauste.

»Aber Felicitas, du achtest auf die … Wucht, ja?« Ella lächelte, damit die Elfe sich nicht verletzt fühlte.

Doch Felicitas winkte unbekümmert ab. »Keine Sorge. Ich habe in den letzten Tagen geübt.«

»Oh, das ist schön.« Ella atmete auf.

»Von hundert Versuchen hat es zehn Mal funktioniert. Der Schnitt wird besser. Die anderen Male sind die Säckchen mit den Pitchi-Farben leider … nun, explodiert ist ein großes Wort. Aber irgendwie trifft es das. Aber Marius fand es nicht schlimm, dass er ständig in ein anderes Puder eingefärbt war. Nur dass Pitchi-Farbe ja so schlecht rausgeht. Aber er freut sich, wenn er etwas zum kommenden Turnier beisteuern kann.«

»Zehn Mal hat es funktioniert«, echote Ella.

Ihre Neugier auf das mysteriöse Pitchi-Spiel, das sie nur vom Namen her kannte, blieb hinter der Tatsache zurück, dass der Sack mit Pitchi-Farbe neunzig Mal (!) explodiert war.

»Vielleicht …«, setzte sie an.

»Möglicherweise …«, versuchte Noah es gleichzeitig.

»Legen wir los.« Felicitas stieg in die Höhe wie ein Kometenschweif, der einmal zu oft am Kaffee genippt hatte.

Elfenstaub flirrte.

Wie tausend leuchtende Funken regnete er herab. Es gab einen kurzen Lichtblitz, dann spazierten Echos von Ella, Noah, Felicitas und Punchy durch den Raum und gingen durch die linke Tür hinaus. Wie Geister, die davonspazierten.

»Es hat funktioniert«, sagte die Elfe zufrieden.

Ein Erdbeben erfasste den Raum, die Wände zitterten, es klirrte und rumpelte.

»Oh nein!«, hauchte Felicitas. »Der Zauber hat gemerkt, dass wir ihn austricksen wollten.«

In der nächsten Sekunde schlug die Magie zurück.

Regenbogenfreunde

Lukas

»Wenn wir davon ausgehen, dass die Schöpfungsapparatur sich direkt bei unserer Waldseele im *Uluru* befindet«, sagte Zoe, »dann muss die Zauberin einen Weg gefunden haben, um auch die Magie des gesamten Waldes einzusaugen. Offensichtlich mit Erfolg, so viele Wesen, wie hier im Wald schon versteinert sind. Sie muss die Schöpfungsapparatur daher in das Gewebe der Traumzeit eingebunden haben.«

Was für Lukas absolut logisch klang. Es war bis hierher deutlich geworden, dass der Entzug der Magie durch Verbindungen geschah. Entweder durch die Blinzelbahn zu den fernen Wäldern oder eben direkt im jeweiligen Wald. Dass hier also dieses Gespinst aus Traumzeitpfaden genutzt wurde, wunderte ihn nicht.

Klong. »Wir werden das Gespinst einfach neu verknoten. Das gibt hübsche Schleifchen.« Rani hatte seine beiden Löffel wahrlich lieben gelernt.

Während das andere Team sich also dem *Uluru* zuwandte, schlichen Zoe, Lukas, Dundi und Rani durch den Wald zurück zum alten Ritualplatz, wo der Übergang zur Traumzeit leichter möglich war. Hier hatte aller Wahrscheinlichkeit nach die Zauberin eine Verbindung der Schöpfungsapparatur zum Traumzeitgespinst hergestellt.

»Wir werden nichts neu verknoten«, stoppte Zoe Ranis Idee. »Das könnten wir auch gar nicht. Stattdessen werden wir die Verknüpfung sanft lösen, damit die anderen die Schöpfungsapparatur gefahrlos entfernen können. Ich sende Noah dann das ›Okay‹ über unsere Perlen.« Sie tippte auf ihr Halsband. »Ihr werdet es verstehen, wenn wir das Gespinst sehen.«

Es kam ganz auf das Timing an.

Sie wollten am Ende die eingesaugte Magie aus der Schöpfungsapparatur herausholen und wieder zurückfließen lassen. Dafür mussten Ella, Noah, Felicitas und Punchy die Schöpfungsapparatur aber erst erbeuten. Beide Teams mussten Hand in Hand arbeiten, um die Apparatur mitnehmen zu können und später die Magie an alle Völker zurückzugeben.

»Und du lebst wirklich auf einer Ranch?«, fragte Lukas Zoe, während sie weiter Richtung Ritualplatz liefen.

Er konnte sich das gut vorstellen. Das australische Mädchen verströmte etwas Wildes, Ungebändigtes. Eine Aura von feuriger Energie und Freiheit. Das genaue Gegenteil ihres Adoptivbruders Noah, der ruhig und geerdet wirkte – wie ein Stein.

»Meine Familie besitzt eine Farm«, bestätigte sie. »Noah und ich helfen nach der Schule aus. Auf einer Farm gibt es immer etwas zu tun, die Tiere brauchen uns. Wir haben Schafe und Pferde. Um unser Haus herum gibt es weites Land und Grün und sogar einen Fluss, der sich in der Ferne entlangschlängelt.« Sie lächelte. »Ich kann mir ein anderes Leben gar nicht vorstellen. Wenn ich im Fernsehen sehe, wie Städter leben … eingepfercht in kleine Wohnungen in Hochhäusern, nur wenige Quadratmeter groß. Ich würde Platzangst bekommen.«

»Wir sind vor Kurzem umgezogen, jetzt wohnen wir in einem Haus«, erklärte Lukas. »Wenn man in einer Wohnung aufwächst, dann findet man das normal. Mir kommt ehrlich gesagt schon unser Haus recht groß vor. Aber wir haben einen Garten.« Etwas leiser ergänzte er: »Und einen Pool.«

Wobei dieser eher ein schlammverkrustetes Etwas war, das sein Vater im Sommer wieder instand setzen wollte. Dann konnten Lisa und er tatsächlich darin schwimmen. Wenn sie schon nicht in der versprochenen Villa lebten.

»Das meine ich«, griff Zoe den Faden auf, während sie gleichzeitig unter einem Ast mit Lianen dran hindurchtauchte. »Du hast einen Pool aus Zement. Das Wasser ist gebändigt und still, es schläft. Ich bade in einem Fluss, wo Fische leben und das Wasser schäumt. Das Land hier ist ungebändigt und frei.«

Und, wie Lukas wusste, auch tödlich. Australien beherbergte zahlreiche Schlangen und Spinnen, deren Gift Menschen umgehend töten konnte. Deshalb achtete er sorgsam darauf, wohin er trat. Was mit seinem Körper zu Hause geschah, falls er hier Gift abbekam, war zweifellos ungesund.

»Wie kam es denn, dass du und Noah den Flüsterwald entdeckt habt?«, fragte er.

Rani ergänzte Lukas' Fragen immer wieder mit einem *Klong* oder tuschelte leise mit Dundi, der den Menok fasziniert betrachtete. Das Regenbogengürteltier streckte alle paar Meter seine Nase in die Höhe und schnupperte, woraufhin ein Farbbereich auf seinem Bauch aufleuchtete. Da es sich meistens um die Farbe Grün handelte und Dundi keine Warnung aussprach, schien alles in Ordnung zu sein.

»Meine Eltern haben Noah adoptiert, als er sechs Jahre alt war«, erwiderte Zoe. »Wir haben uns sofort gut verstanden, aber es zieht ihn auch immer wieder hinaus in die Natur. An manchen Tagen besteht er darauf, auf einer Matte vor dem Haus zu übernachten. Anfangs waren meine Eltern strikt dagegen, sie hatten Sorge, ihm könnte etwas passieren. Aber am Ende hat er es trotzdem getan. Er existiert irgendwie im Einklang mit der Natur. Ich kann es nicht anders sagen. Er verschmilzt mit ihr und Tiere greifen ihn nicht an. Irgendwann saß er vor einem Stein und zerstieß mit einem Stößel Kräuter, gab Pulver und Säfte hinzu … Er mixte etwas, von dem er geträumt hatte.«

»Das Flüsterpulver«, sagte Lukas.

»Wir nennen es ›Flüsterstaub‹, aber es ist wohl dasselbe.« Zoe grinste. »Ich habe ihn erst für verrückt gehalten. Da sprach er von einem Regenbogengürteltier, das ihm vom Flüsterwald erzählt hatte, nachdem er es aus einer Felsspalte befreit hatte.«

»Es war eine lustige erste Begegnung«, sagte Dundi. »Noah glaubte, dass er alles nur träumt.«

»Menschen sind lustig«, warf Rani ein und schlug begeistert seine Löffel gegeneinander. »Ich habe Lukas in einem Holzkäfig gefangen, damit er mir drei Wünsche erfüllt. Hast du das mit Noah auch gemacht?«

Dundi wirkte traurig. »Nein. Ich habe nicht gewusst, dass gefangene Menschen drei Wünsche erfüllen müssen.« Er kratzte sich an seinem Panzer. »Geht das auch nachträglich?«

»Du kannst es ja mal versuchen. Ich gebe dir gerne die Anleitung für eine Falle.«

»Du bist so lieb«, sagte Dundi.

»Das stimmt.« Rani lächelte glücklich über seinen neuen Freund.

»Nein«, rief Lukas schnell. »Ihr baut keine Fallen!«

Zoe kicherte. »Ich merke schon, da haben wir einen Fachmann für Menschen bei uns. Dundi hat da auch ein paar tolle Theorien.«

»Wollen wir uns zu unserem Wissen über Menschen austauschen?«, fragte Rani.

Die beiden Winzlinge begannen prompt zu tuscheln, was immer wieder von Kichern unterbrochen wurde.

Klong. »Menschen haben auch einen Zaubernamen«, erklärte Rani gerade laut. »Ella heißt Muffin. Den von Lukas habe ich noch nicht herausbekommen.«

Zoe hielt nur mit Mühe an sich.

Lukas wurde feuerrot. »Rani ist ein Menschenforscher. Und bevor er uns kennengelernt hat, schloss er all sein Wissen aus Beobachtungen. Und von seinem Großmenok. Das ist eine Geschichte für sich.« Er tauchte unter einem herabhängenden Ast hindurch und wechselte schnell das Thema. »Und wie ging es bei euch dann weiter?«

»Tja, ich wollte Noah klarmachen, dass es so etwas wie einen Flüsterwald nicht gibt. Da hat er mir einfach das Pulver übergeschüttet und ist abgehauen. Ich hinterher. Und als ich ihn eingeholt hatte, um mich zu rächen, standen wir im Flüsterwald.«

Schlaue Taktik, fand Lukas.

Er hatte seiner Schwester auch einmal Mehl übergeschüttet, aber einfach nur, um sie zu ärgern. Sie hatte sich dann gerächt und war nachts heimlich in sein Zimmer gekommen, auf sein Bett geklettert und hatte ihm Pfeffer in die Nase gestreut. Das folgende Brüllen hatte seine Eltern aufgeweckt, die Lisa freundlich, aber bestimmt erklärt hatten, dass man von Pfeffer in der Nase nicht, wie im Fernsehen gezeigt, niesen musste. Es brannte höllisch.

»Und dort im Flüsterwald stand Dundi und hat gefragt, warum wir so lange gebraucht haben«, erklärte Zoe. »An dem Tag haben unsere Abenteuer begonnen. Wir haben auch Zara kennengelernt, die Waldseele und viele tolle Flüstervölker.«

Lukas jauchzte innerlich vor Freude, dass er die Geschwister getroffen hatte. Wenn dieses Abenteuer überstanden war, wollte er auch die anderen Wälder kennenlernen. Die Lebensweise der Völker, die Waldseelen und vor allem die Beschützer. Gerne hätte er Zoe weiter ausgefragt, doch als sie den nächsten Baum passierten, tauchte vor ihnen die bekannte Formation aus kleinen Hügeln und Bäumen auf.

»Dort oben.« Zoe deutete in die Richtung.

Das Gebäude, in dem Ella, Zoe und Noah gefangen gehalten worden waren, schmiegte sich zwischen die Felsen. Beim genaueren Hinsehen erkannte Lukas Fenster, die in Spalten eingepasst waren, verwinkelte Treppen auf der Außenseite und Hängebrücken. Ganz oben thronte ein gläserner Kuppelbau.

»Das ist ja ziemlich groß«, hauchte Lukas.

»Wir waren im unteren Bereich im Kerker gefangen«, erklärte Zoe. »Die Verbindung zur Traumzeit befindet sich oben. Ich vermute, dass die Zauberin deshalb diesen Ort gewählt hat, um Ella von ihrer Magie zu trennen. Vermutlich wollte sie dafür zum Kern ihrer Seele vordringen – über die Traumzeit.«

Der Gedanke an das, was beinahe geschehen wäre, machte Lukas wütend. Mit grimmiger Entschlossenheit nickte er in Richtung des Ritualplatzes. »Gehen wir.«

Das Traumzeitgespinst

Lukas

Natürlich hatten sie nicht vor, sich auf einen direkten Kampf mit der Zauberin oder den Angreiferkatzen einzulassen. Sie mussten sich anschleichen und die Apparatur erbeuten – unbemerkt. Wohin die Zauberin verschwunden war, nachdem sie Ella in dem kuppelförmigen Bau des Ritualplatzes gefesselt hatte, wussten sie nicht. Mit etwas Glück hatten auch die Angreiferkatzen die Zauberin bisher noch nicht über Ellas Flucht informieren können, sodass ihnen ein kleiner Vorsprung blieb, um ungestört ihrem Plan nachzugehen. Dennoch rechneten sie damit, dass sich ein paar Wachen irgendwo zwischen den Felsen versteckten.

»Ich kann nichts riechen«, verkündete Dundi.

Klong. »Ich auch nicht.« Rani streckte die Nase in Richtung Lukas. »Nicht einmal Schokolade, was grundsätzlich sehr traurig ist.«

Zoe blickte stirnrunzelnd in die Höhe. Sie hob ihre Hände und wirbelte damit durch die Luft. Wind zog auf. »Ein kleiner Sturm vertreibt alle Beobachter, die irgendwo zwischen den Felsen sitzen, ins Innere.«

Sie pirschten sich im Schutz der Bäume näher heran. Der Wind wehte an ihnen vorbei, als wären sie von einer unsichtbaren Schutzblase umgeben. Es hatte seine Vorteile, wenn man die Natur auf der eigenen Seite wusste.

»Wir klettern bis dort zum Fenster.« Zoe deutete auf eine Stelle rechts neben der Felsentreppe.

Sie befand sich auf derselben Höhe wie Lukas' Dachboden zu Hause. Er wollte auf keinen Fall herunterfallen, das gäbe mindestens einen Knochenbruch.

An der Treppe angekommen, gaben sie jede Vorsicht auf und hasteten die Stufen hoch. Hier konnte sie jeder sehen, sie befanden sich wie auf einem Präsentierteller. Falls der Sturm mögliche Beobachter nicht vertrieben hatte, mussten sie jetzt bemerkt werden. Doch nichts geschah.

Unter dem Fenster gab Zoe Dundi ein Zeichen.

Das Regenbogengürteltier ließ seine Nase zuckend über

das Felsgestein unter dem Fenster wandern. Dann leckte er darüber. »Schmeckt nach Naturstein, eine Brise Glas, die von oben abstrahlt, und menschliche Kraft.«

Offenbar konnte Dundi sowohl ein Echo des Materials erspüren als auch ein Echo der Dinge, die bei der Erschaffung mit eingeflossen waren – Muskelkraft, Magie und vieles andere.

Das Regenbogengürteltier berührte seinen Bauch an mehreren Stellen und war in der nächsten Sekunde von einer Aura aus leuchtenden Regenbogenfarben umgeben. Es streckte die Hände aus. Lukas und Zoe ergriffen je eine Hand, während Rani auf Lukas' Schulter hoppelte.

Lukas spürte ein Kitzeln auf dem Gesicht, als er an der Hand von Dundi durch die Wand schritt. Für einen Augenblick war alles um ihn herum grau, er konnte nicht atmen, nicht fühlen, da war gar nichts.

Dann kamen sie auf der anderen Seite heraus.

Lukas blinzelte. Es roch nach kaltem Stein und etwas anderem … Glas? Menschlicher Kraft? Ihm wurde schwindelig. Wie konnte man das riechen?

»Geht einem anfangs manchmal so«, erklärte Zoe. »Wir werden in diesen Sekunden, wenn wir durch festes Material gehen, zu einem Teil von Dundis Magie. Aber es lässt gleich nach.«

Zoes Stimme hallte in dem Gang wider, obwohl sie flüsterte. Rechts und links lag alles im Dämmerlicht von Dundis leuchtenden Farben, die von seinem Bauch ausstrahlten.

Klong.

Alle zuckten zusammen.

Doch es war nur Rani, der erneut die Löffel zusammenschlug. »Wir müssen aufmerksam sein.«

»Und damit aufhören, ständig die Löffel zusammenzuschlagen«, sagte Lukas zuckersüß. »Das ist nämlich laut.«

»Vielleicht bekommen die Angreiferkatzen davon Angst und bleiben weg«, merkte Rani an. »Das wäre lustig. Ich teste es aus. Und wenn sie nicht auftauchen, hatte ich recht.«

Lukas schlug sich gegen die Stirn.

»Das macht er oft«, erklärte Rani Dundi und zeigte auf Lukas. »Meist, wenn er sich geirrt hat.«

Zoe ging in die Knie und streichelte Rani sanft über das Fell, was diesen zum Schnurren brachte. »Rani, du als schlauer Menok weißt natürlich, dass die Katzen durch das Löffelschlagen Angst bekommen. Aber die Katzen wissen das nicht. Deshalb kommen sie vielleicht trotzdem.«

Rani runzelte die Stirn. »Oh. Du hast recht.« Die Löffel verschwanden in seiner Felltasche.

Lukas konnte es nicht fassen, dass so eine seltsame Logik den Menok überzeugt hatte. Die Katzen wussten nicht, dass sie Angst haben sollten, also kamen sie trotzdem? Nun ja, es hatte funktioniert. »Du bist klasse«, raunte er Zoe zu.

Rani war eindeutig der gleichen Meinung. Sein Blick sprach Bände. Vermutlich hoffte er darauf, noch öfter von Zoe gekrault oder gestreichelt zu werden. Auch wenn er es natürlich niemals zugeben würde.

»Wenn wir auf Angreiferkatzen stoßen, werde ich ihnen einen Witz erzählen«, verkündete er. »Dann lachen sie ganz viel und werden uns nicht mehr angreifen.«

Wenigstens herrschte nach dieser grandiosen Idee Ruhe. Lukas vermutete, dass die blitzenden Krallen der Katzen Rani innerhalb von Sekunden in die Luft schlagen würden. Er mochte ja noch so sehr alles lustig finden, sein Überlebensinstinkt war hoffentlich nach wie vor vorhanden.

Lukas deutete mit dem Finger zur Decke und warf Zoe einen fragenden Blick zu. *Nach oben?*

Sie nickte. *Ja.*

Schweigend huschten sie den Gang entlang hinter Zoe her, die den Weg zu kennen oder zumindest zu erahnen schien. Man musste Rani zugutehalten, dass er kein Geräusch von sich gab. Lediglich Dundis Krallen waren zu hören, doch stellenweise kugelte er sich einfach zusammen und rollte neben ihnen her. Magie musste ihn antreiben, denn der Boden war gerade, nicht abschüssig. Aus dem Inneren des Dundi-Balls waren bunte Lichtschimmer zu erkennen.

Irgendwann erreichten sie eine Treppe.

Hier ging es steil nach oben. Lukas erwartete jeden Augenblick einen Angriff, doch wieder geschah nichts. Sie erreichten das obere Ende. Dahinter erstreckte sich ein Raum, der die Form einer gläsernen Kuppel hatte.

Lukas blieb wie gebannt stehen. »So etwas habe ich ja noch nie gesehen!«

Zoe runzelte die Stirn. »Den Raum? Na ja, die Kuppel besteht aus Glas und hier und da erheben sich Felsen im Raum. Aber so besonders ist das nicht. Hier wurde übrigens Ella gefangen gehalten.«

Lukas blinzelte. »Siehst du es nicht? Dieses … unglaublich schöne Gespinst?« Er trat staunend näher.

Es schwebte direkt vor ihm.

»Ich sehe es auch«, verkündete Rani.

Dundi hatte sich mittlerweile wieder entrollt und blickte zwischen ihnen hin und her. »Oh, ich verstehe. Lukas und Rani sind ja nicht richtig hier, nur als Geisterschimmer. Ihre Körper liegen noch in ihrem eigenen Flüsterwald. Und ihre Geisterschimmer befinden sich näher an der Traumzeit, als du es tust, Zoe. Du musst erst meditieren, um den Zugang zum Traumgespinst zu finden, ihr beiden seid ihm schon ganz nah.«

»Das ist ja super.« Zoe stand mit einem Satz direkt neben Lukas. »Ihr müsst nicht auf mich warten. Wenn ihr bereits Zugang habt, könnt ihr schon mal beginnen, die Stelle zu suchen, die mit der Schöpfungsapparatur verknotet ist.«

Dundi nickte eifrig. »Und ich kann diese lösen, damit die anderen die Apparatur wegbringen können. Klingt doch perfekt.«

Zoe sank auf dem steinigen Untergrund in den Schneidersitz. »Ich komme nach.«

»Das ist vielleicht keine gute Idee«, sagte Lukas. »Bisher wurden wir nicht angegriffen, aber die Katzen würden doch niemals zulassen, dass wir diesen Ort betreten und Zugang zur Traumzeit finden, oder?«

Zoe blickte besorgt in Richtung Tür. »Sie könnten jederzeit auftauchen. Also gut, ich bleibe hier und passe auf. Aber beeilt euch. Und seid vorsichtig! Ihr müsst wissen, dass …«

»Das wird lustig.« Rani wartete gar nicht erst ab, was Zoe sagen wollte. Er sprang kurzerhand in das Gespinst.

Lukas verdrehte die Augen. »Warum komme ich mir immer vor wie ein Babysitter, wenn ich mit Rani unterwegs bin.«

Er sprang hinterher.

Gefährlicher Uluru

Ella

Steine klappten beiseite, Wind tobte. Die Freunde wurden durcheinandergewirbelt und purzelten auf sandbraune Bodenplatten.

»Das ist dann wohl die Reaktion auf unseren Versuch, den Zauber, der auf diesen Räumen liegt, auszutricksen«, kommentierte Noah.

Felicitas flog zu Ella, die sich gerade wieder aufrichtete und den Sand abklopfte. Der lag hier überall. Doch sie befanden sich immer noch unter der Erde. Ziemlich tief vermutlich, denn über ihnen wölbte sich eine Höhlendecke, von der Stalaktiten herabhingen. Dazwischen wucherten violette Wurzeln mit grünen Punkten darauf. Ihre Umgebung hatte sich schlagartig wieder verändert.

Nur knapp einen Meter vor ihnen erstreckte sich eine tiefe Grube. Darüber verlief ein gemauerter Steg zur anderen Seite. Im Inneren der Grube schlängelten sich geschuppte Körper.

»Schlangen!« Ella bekam eine Gänsehaut. Sie hatten Glück gehabt, dass sie auf den Bodenplatten und nicht direkt in der Grube gelandet waren.

Punchy sträubte ihr Fell. Die Katze vom Sonnenrotberg brachte normalerweise nichts so schnell aus der Fassung. Der Anblick dieser zweifellos tödlichen Tiere änderte das.

»Sie greifen nur an, wenn sie sich bedroht fühlen«, erklärte Noah gelassen.

»Ach, toll.« Ella funkelte ihn an. »Und wenn wir versehentlich hineinpurzeln und auf einer landen, dann gefällt ihr das eben nicht und wir werden gebissen.«

»Das ist richtig.« Noah ließ seinen Blick über die Schlangen wandern. »Bedauerlicherweise handelt es sich um Inlandtaipane. Sie stehen am oberen Ende der Giftigkeitsskala. Ein Biss wäre tödlich.«

In solchen Augenblicken fragte sich Ella, warum sie nicht einfach zu Hause ein gutes Buch las. Sie konnte Lesemittage mit Lukas veranstalten. Dem Regen zuschauen, dazu einen

Keks oder Schokolade essen, einen Kakao trinken – keine tödlichen Gefahren!

Andererseits hatte sie bisher schon lebendige Skelette überlebt, einen Wark, den dunklen Magier und angreifende Schatten. Von den Angreiferkatzen gar nicht zu reden, aber die bissen wenigstens nicht gleich zu.

Immerhin war Rani nicht hier. Der hätte vermutlich beim ersten Zischen einer Schlange einen Satz auf Lukas' Schulter gemacht und diesen womöglich aus dem Gleichgewicht gebracht. Prompt wären beide in der Grube gelandet.

Felicitas flog näher an die Grube heran und linste in die Tiefe. »Die sind ganz schön groß.«

Was aus Sicht einer kleinen Elfe wohl auch zutraf.

Plötzlich sackte sie ab. Obwohl Felicitas heftig mit den Flügeln schlug, konnte sie sich nicht halten. Noah reagierte geistesgegenwärtig, sprang vor und konnte sie gerade noch auffangen.

»Ich … ich kann nicht mehr fliegen.« Sie zitterte am ganzen Körper. »Beinahe wäre ich in die Grube gefallen. Danke, Noah.«

»Klar doch.« Er deutete auf den Rand der Grube. »Seht mal, diese Symbole dort, die unterdrücken Magie.« Er streckte die Hand aus und ließ Blitze darüberwandern.

»Wenn ich näher herangehe …« Er beugte sich ein wenig vor und die Blitze erloschen.

»Toll«, kommentierte Ella. »Da kann ja praktisch gar nichts schiefgehen. Wenn wir herunterfallen, hoffen wir einfach, dass die Schlangen heute einen guten Tag haben und bei uns ein Auge zudrücken.«

»Darauf wollen wir uns lieber nicht verlassen«, sagte Noah trocken. »Deshalb gehen wir auch nicht über den Steg.«

Sein Blick wanderte über den Rand der Grube bis zur linken seitlichen Wand. Ein schmaler Sims verlief an der Wand entlang bis zur anderen Seite der Grube. »Wenn wir uns mit dem Rücken gegen die Wand drücken und seitlich auf dem Sims entlangbalancieren, kommen wir sicherer auf die andere Seite.«

Was leider bedeutete, dass sie nur eine Handbreit vom Abgrund der Grube entfernt waren. Doch irgendeinen Weg mussten sie schließlich nehmen.

»Also gut«, stimmte Ella zu.

Und immerhin blieb ihnen nicht ewig Zeit.

Was den Sims anging, hatte Felicitas durch ihre Größe jetzt einen Vorteil. Sie hatte mehr Platz. Trotzdem setzte sich Punchy an die Spitze, um möglichst nah bei der Prinzessin zu bleiben. Diese folgte dichtauf, dann begaben sich Ella und Noah auf den Sims.

Schritt für Schritt schob sich Ella, den Rücken gegen die Wand gepresst, an dieser entlang. Die andere Seite kam immer näher. Unter ihnen hoben einige Schlangen ihr Haupt, die gespaltene Zunge schoss in die Luft. Damit konnten die Tiere riechen, wie Ella wusste.

»Wieso können sie nicht wie flauschige Häschen aussehen, die mit ihrem Puschelschwanz auf die Erde klopfen?«, flüsterte sie.

»Damit unser Gehirn uns vor ihnen warnt«, kam es natürlich prompt von Noah. »Stell dir vor, du streichelst ein Häschen und es beißt dich mit seinen Giftzähnen.«

Nach diesen Worten würde Ella Häschen nicht mehr so arglos ansehen wie bisher.

Einige Schlangen richteten sich auf, gestützt auf ihren Schwanz. Zischen erklang.

An diesem Punkt hätte Ella gerne die Augen geschlossen, was angesichts des Abgrunds jedoch eine ganz und gar dumme Idee war. Aber immerhin, ein weiterer Schritt und sie hatte die Hälfte des Weges hinter sich gebracht.

Punchy hatte am wenigsten Probleme, bei ihr sah es total leicht aus, wie sie auf ihren Tatzen über den Sims huschte. Felicitas blickte immer wieder mit großen Augen in die Tiefe, die Größe der Schlangen musste für sie noch viel bedrohlicher wirken als für Ella und Noah.

»Ihr habt es fast geschafft, Prinzessin«, verkündete Punchy.

Als hätten ihre Worte einen geheimen Abwehrmechanismus ausgelöst, erzitterte daraufhin die Felsenbrücke, die in der Mitte über die Grube führte. Kleine Löcher öffneten sich und Öl ergoss sich über das Gestein. Hätten die Freunde sich jetzt darauf befunden, wären sie haltlos abgerutscht und in die Tiefe gestürzt.

»Das ist so gemein«, grummelte Ella. »Diese Zauberin hätte uns den Schlangen zum Fraß vorgeworfen.«

»Vorsicht!«, rief Noah.

Aus einer der Düsen schoss das Öl mit so viel Druck heraus, dass es von der Brücke herüber bis zur Wand klatschte. Dann lief es die Wand hinab und ergoss sich über den Sims.

Felicitas verlor den Halt, doch Punchy reagierte blitzschnell. Sie schnappte mit ihren Zähnen nach dem Kleid der Prinzessin und sprang mit ihr vom Sims auf die Bodenplatten der anderen Seite.

Bedauerlicherweise konnte Ella nicht schnell genug reagieren. Ihre Schuhsohle traf auf das Öl. Sie rutschte ab, versuchte noch, mit den Händen nach etwas zu greifen, woran sie sich festhalten konnte. Vergeblich. Sie fiel nach vorne. Noah sprang seitlich gegen sie, rammte seinen Körper gegen ihren und gemeinsam flogen sie in Richtung Bodenplatten, wo sich bereits Punchy und Felicitas befanden.

Es reichte …

… nicht.

Der Abstand war zu groß. Kurz bevor beide in die Schlangengrube fielen, gelang es Noah, sich mit einer Hand an der Bodenplatte festzuklammern. Mit der anderen griff er nach Ellas Gürtel. So baumelten er und Ella knapp über der Schlangengrube. Noah musste gewaltige Muskeln haben, dass er es schaffte, mit einem Arm sich selbst und das Gewicht von Ella zu halten.

Das tropfende Öl hatte die Schlangen wütend gemacht. Sie zischten, schnappten, Riechzungen peitschten.

Ella spürte den Druck an ihrem Gürtel, der sich an ihrem Bauch zusammenzog. Wie ein Pendel baumelte sie hilflos über den Schlangenmäulern. Die Tiere zuckten nach oben, das Maul zum Biss geöffnet.

Schlangen und ihre haarigen Freunde

Ella

Nur wenige Zentimeter von ihrem Gesicht entfernt schlug ein Schlangenmaul zu. Ella konnte den tropfenden Giftzahn sehen. Ihr Körper verkrampfte sich vor Angst.

»Ella«, keuchte Noah. »Ich kann dich nicht mehr lange halten.«

Und natürlich konnte er sie auch nicht nach oben heben, so was schafften nur Helden in Filmen.

»Du musst an mir hochklettern«, sagte er.

Ella wollte es versuchen, doch sie spürte nur diese Angst. Falls sie abrutschte oder eine falsche Bewegung ausführte, würde sie in die Schlangengrube stürzen. Es gab keine Magie, die ihr dann noch helfen konnte.

»Ella«, beschwor Noah sie. »Du rutschst mir aus den Fingern.«

»Okay«, krächzte sie.

Immerhin war sie in Turnen super. Da konnte das Hochklettern doch nicht so schwer sein. Sie holte Schwung, packte Noah an der Schulter und hielt sich fest, während er nun die andere Hand ebenfalls an den Vorsprung klammerte. Wenigstens hatte er jetzt mit beiden Händen Halt.

»Keine Angst«, sagte er. »Sie können nicht fliegen. Konzentriere dich einfach auf das Ziel. Dort oben sind Felicitas und Punchy, die auf uns warten.«

Ella nickte hastig. Jetzt, da sie die Schlangen nicht mehr sah, war es leichter. Sie kletterte flink in die Höhe. Ihr Fuß fand Halt auf Noahs Schulter, ihre Finger an der Bodenplatte. Mit einem Ruck zog sie sich hinauf.

Nun half sie ihrerseits Noah, griff nach seinem Arm und zog ihn in die Höhe. Gerade noch rechtzeitig, denn seine andere Hand rutschte ab.

»Danke«, sagte Ella.

»Dir auch. Tolle Teamarbeit!«

Felicitas und Punchy begrüßten die beiden mit Umarmungen.

»Ich wollte euch so sehr helfen, aber ohne Magie bin ich einfach nur … klein«, sagte Felicitas entschuldigend.

»Du hast Lukas, Rani, Punchy und mich schon so oft aus brenzligen Situationen gerettet … Jeder ist mal dran.« Ella schenkte der Elfe ein Lächeln. »Wobei ich wirklich hoffe, dass keine weiteren Schlangen auf uns warten.«

Sie hatten Glück.

Noah öffnete die Tür, die sich vor ihnen befand, und trat voran in den nächsten Raum. Erneut führte ein breiter Steg in der Mitte des Raumes zur anderen Seite. Dieses Mal über einen Abgrund, keine Grube. An der Decke hingen silbrige Netze, die hübsch anzusehen waren.

Noah erbleichte bei ihrem Anblick.

»Was ist?«, fragte Ella.

»Das sind Spinnennetze.«

Ihr Blick ruckte erneut in die Höhe. Sie waren groß. Sehr groß. Zu groß! »Ich traue mich jetzt gar nicht zu fragen, aber … wo sind denn die Besitzer?«

Felicitas saß mittlerweile auf Punchys Rücken, da die Magie ihres Elfenstaubs nicht wirkte und sie nicht fliegen konnte.

Die Freunde traten näher an den Steg heran.

Dieser bestand aus gehauenem Stein und wies keinerlei Löcher auf, aus denen möglicherweise Öl treten konnte.

Wobei sie die im Raum zuvor auch nicht wahrgenommen hatten.

Ella blickte hinab.

Und hätte beinahe aufgeschrien. Über den gesamten Abgrund spannten sich Spinnennetze. Darin tummelten sich dicht an dicht große pelzige Leiber mit hauchdünnen Klauenbeinen.

»Meintest du das mit flauschig?«, krächzte Felicitas.

»Ich meinte Häschen«, stellte Ella klar. »Die sind flauschig und nett. Die hier sind das definitiv nicht.« Sie warf einen Blick zu Noah. »Lass mich raten: giftig?«

Er nickte. »Tödlich.«

»Ist in Australien eigentlich alles giftig?«, fragte Ella.

»Nicht alles, aber ziemlich viel. Es gibt Frösche, die musst du nur anfassen und das war's. Kontaktgift.«

In diesen Augenblicken schätzte Ella den heimischen Flüsterwald umso mehr. Da mochte es zwar auch die eine oder andere tödliche Gefahr geben, aber man musste nicht auf Spinnen, Schlangen, Frösche oder andere giftige Tiere gefasst sein. Stattdessen wohnten dort Menoks, lustige Elfen und kuschelige Wokkeliks.

»Sie schlafen«, flüsterte Felicitas.

Ella nickte erleichtert. Vielleicht hatten sie ja Glück und sie kamen unbemerkt an diesen pelzigen Wesen vorbei.

Ella wusste, dass die Spinnen, die sich zu Hause in Deutschland in die Häuser verirrten, durchaus nützliche Tiere waren. Sie spannen ihre Netze und fingen darin Fliegen, wodurch sie sogar halfen, das Haus sauber zu halten. Dennoch wollte sie auf eine direkte Begegnung mit diesen Spinnen hier lieber verzichten.

»Los.« Noah nickte in Richtung der gegenüberliegenden Tür.

Sie war auf der anderen Seite des Stegs in die Wand eingelassen.

Ella wollte schon zum Protest ansetzen. Was, wenn wieder Öl aus den Steinen lief? Oder die Brücke zusammenbrach? Es war bestimmt eine Falle. Andererseits hatten sie keine Wahl. Entweder sie versuchten ihr Glück bei der Tür oder sie gaben gleich auf. Und zurück durch die andere Tür zu den Schlangen wollte Ella auch auf gar keinen Fall. Es ging also nur geradeaus.

Ella ging voran, es folgten Punchy und Felicitas, Noah sicherte den Weg nach hinten. Die Spinnen in der Grube schliefen zum Glück, aber Ella vergewisserte sich auch immer wieder, dass sich keine von oben näherte. Die Schatten verharrten bewegungslos, nirgendwo leuchteten Augen in der Dunkelheit auf.

Sie erreichten die Mitte der Brücke. Ella befürchtete

schon, dass gleich irgendeine Falle zuschlagen würde, doch nichts geschah. Konnte es tatsächlich so einfach sein?

Ein paar Minuten später standen sie vor der Tür auf der anderen Seite. Eine große Messingscheibe hing in der Mitte.

»Die muss ich nur berühren, dann werde ich als Beschützer des Waldes erkannt und die Tür öffnet sich«, erklärte Noah.

Was er dann auch tat.

Nur öffnete die Tür sich keinen Zentimeter.

Stattdessen erklangen Gongs. Ziemliche viele davon, als würde eine Horde Stollenzwerge auf Glocken einhämmern. Ellas Innerstes gefror. Diese Lautstärke konnte doch niemand überhören.

Aus ihren Augenwinkeln sah sie eine huschende Bewegung. Pelzige Beine verschwanden im Schatten.

»Noah«, krächzte sie, »mach die Tür auf.«

»Ich weiß nicht, wie.« Er legte seine Hand erneut darauf.

Ella trat einen Schritt zur Seite, um zu prüfen, ob die Spinnen unter ihnen noch immer schliefen. Bisher taten sie das. Sie wollte sich bereits wieder abwenden, als sie eine Bewegung bemerkte. Ganz langsam schob sich ein pelziger Leib an der Seite des Steges in die Höhe. Während sie zurückwich, kletterte die Spinne hinauf. Zuerst waren nur die Vorderbeine mit ihren Haaren und Krallen zu sehen.

Danach die Augen. Sie glühten rot, was eindeutig auf Magie hinwies. Viel schlimmer waren aber die Mandibeln, von denen Gift tropfte.

»Warum muss es immer Gift sein«, flüsterte Ella.

Die Spinne erreichte den Steg. Aus gierigen Augen musterte sie die Gruppe. Vermutlich, um den ergiebigsten Leckerbissen auszumachen.

Wie gerne hätte Ella jetzt Lukas an ihrer Seite gewusst. Der hätte ein Siegel erschaffen können. Oder, falls seine Magie auch unterdrückt war, etwas von dem Feuerpulver anwenden können. Irgendwas! Doch sie konnten nichts tun.

Die Spinne taxierte sie.

Und sprang.

Traumzeitgefahr

Lukas

Lukas blickte auf das farbenfrohe Gespinst der Traumzeit. Es wäre ihm lieber gewesen, diesen geheimnisvollen Ort gemeinsam mit Zoe zu betreten. Andererseits war es gut, dass sie ihm den Rücken frei hielt, sollten Zottelfell und seine Angreiferkatzen plötzlich hier auftauchen.

Er machte einen Schritt nach vorn und das Gespinst nahm ihn auf. Es fühlte sich an, als trete er durch einen Vorhang. Vor ihm breitete sich eine weite Ebene aus, die mit Gras bewachsen und mit Häusern besiedelt war. Wege schlängelten sich zwischen den Häusern hindurch. Bemerkenswert war, dass die Häuser ganz unterschiedlich geformt waren: Eines sah aus wie ein Wasserfall, ein anderes wie ein Felsen.

»Die Häuser stehen für die verschiedenen Flüsterwälder«, sagte Lukas an Rani gewandt.

Nur war der plötzlich nicht mehr da.

Lukas war mit Dundi allein.

»Das stimmt«, bestätigte das Regenbogengürteltier. »Wir befinden uns in der Traumzeit, die alles miteinander verbindet. Überall auf der Welt, jeden Ort, jedes Wesen.«

Lukas ging weiter und betrachtete die einzelnen Gebäude. Bei genauerem Hinsehen bemerkte er, dass Teile des Wassers bei einem Haus versteinert waren, das wie ein See aussah. Alles hier war farbig, doch wo der graue Stein sich entlangzog, wurde es grau.

Der einst sandrote Felsen war ebenfalls fast vollständig grau geworden, und wohin Lukas auch blickte, erkannte er, dass es sich ähnlich verhielt. Die Flüsterwald-Häuser, die über die gesamte Ebene verteilt waren, waren alle bereits zu einem Teil versteinert.

Als er genauer hinschaute, sah er, dass der Stein sich weiter ausbreitete. Nicht nur im australischen Flüsterwald, überall!

»Wir haben den Meisterschlüssel zerstört«, sagte er. »Aber die Zauberin zieht weiterhin fröhlich Magie von sämtlichen Wäldern ab – jedes noch so kleine bisschen. Genau wie befürchtet!«

Dundi beäugte die Häuser. »Sie ist geschickter, als ich dachte. Zuerst hat sie sich über unsere Seele in den Seelenbund eingewoben. Und von dort über die Traumzeit eine Verbindung zu den Geschöpfen der anderen Flüsterwälder aufgebaut.« Dundi wirkte bei diesen Worten unglücklich. »Sie benutzt etwas Wunderschönes für etwas Böses.«

»Ich frage mich immer noch, warum sie Ella eigentlich entführt hat«, grübelte Lukas. »Sie braucht sie doch in Wahrheit gar nicht.«

Dundi runzelte die Stirn und tippelte dann um die Häuser herum zu jener Stelle, an der eine farbige Burg in Form eines Herzens stand. »Da ist deine Antwort.«

»Ist das …«

»Euer Flüsterwald«, bestätigte Dundi. »Euer Herz ist nicht im Seelenbund, deshalb kann es nicht angegriffen oder versteinert werden. Es ist sicher in der Herzburg. Das weißt du ja schon. Und somit sind auch die Träume eurer Flüsterwesen sicher, die Zauberin kommt nicht an euch heran. Mit Ellas Blinzelmagie könnte sich das ändern. Diese gehört zu eurem Flüsterwald, möglicherweise gewährt sie sogar Zugang zur Herzburg.«

Damit wären die Bewohner schutzlos dem Angriff ausgesetzt. Die Zauberin hatte ihren Plan blitzschnell angepasst.

»Wir müssen die Stelle finden, an der die Apparatur mit der Traumzeit verwoben ist.« Lukas sah sich gehetzt um.

Dundi berührte flink die farbigen Platten auf seinem Bauch, aktivierte damit die entsprechende Magie. Auf dem Boden wurden silberne Linien sichtbar, die sich wie verästelte Zweige über den gesamten Untergrund zogen.

»Sie führen alle in eine Richtung«, verkündete Dundi. »Mir nach.«

Gemeinsam rannten sie los.

Lukas musste sich anstrengen, mit dem Regenbogengürteltier mitzuhalten, das sich immer wieder zu einer Kugel zusammenrollte und davonschoss. Schließlich erreichten sie ihr Ziel.

In der Luft hing ein Kokon aus silbernem Gespinst. Im Inneren erkannte Lukas die Silhouette der Schöpfungsapparatur.

»Die Schöpfungsapparatur ist hier«, keuchte er.

»Das ist nur ein Abbild«, erklärte Dundi. »In Wahrheit befindet sie sich in der wirklichen Welt. Das hier ist ihr Traumbild. Wir müssen das Gespinst entfernen, um an sie heranzukommen. Dann kann ich die Knoten, die du dort siehst, lösen.«

Ihr Ziel lag also zum Greifen nah. Wenn sie die Apparatur entknotet hatten und es gelang, sie mit nach Hause zu nehmen, war der Plan der Zauberin ausgehebelt.

Dundi trat näher an den Kokon. Seine Nase zuckte. »Riecht nach einem gemütlichen Schlummermittag aber ebenso nach giftigen Klauen und verborgener Wahrheit. Ich lecke lieber nicht darüber, hier in der Traumwelt müsste ich es hoffentlich auch so hinbekommen.«

»Was meinst du damit?«, fragte Lukas. »Verborgene Wahrheit?«

»Du weißt ja, ich erspüre immer nur Echos. In diesem Fall sind es die Echos, die von dem Kokon ausgehen.«

Womit »verborgene Wahrheit« auf jeden Fall zutraf. Die Zauberin hüllte sich ja ständig in diesen ekelhaften Nebel. Bei dem Gedanken wirbelte etwas in Lukas' Unterbewusstsein auf, das ihm aber sofort wieder entschlüpfte. Eine Erinnerung?

»Wie bekommen wir den Kokon denn auf?«, fragte er.

Das silberne Gespinst schwebte einen halben Meter über dem Boden und war so groß wie Lukas' Vater mal drei. Die Schöpfungsapparatur passte mühelos hinein und daneben war noch immer eine Menge Platz.

»Wir gehen hindurch.« Dundi berührte wieder die farbigen Flächen an seinem Bauch. »Deshalb habe ich die Substanz des Kokons aufgenommen. Auch wenn das hier nur ein Traum ist, für uns hat alles Substanz. Was übrigens gefährlich werden kann. Gefahren können uns nämlich verletzen. Dich ganz besonders.«

Lukas ergriff Dundis Hand. »Warum das?«

»Weil du gerade schläfst«, erwiderte das Regenbogengürteltier. »Also dein Körper.«

Bevor Lukas weiter darüber nachgrübeln konnte, machten sie einen Schritt nach vorne. Der Kokon wirkte wie ein Magnet und zog sie in die Höhe. Sie durchdrangen das Gespinst und befanden sich kurz darauf im Inneren des Kokons.

Im gleichen Augenblick bemerkte Lukas, dass etwas nicht stimmte. Die Schöpfungsapparatur löste sich vor ihren Augen in Luft auf.

»Eine Falle!«, rief Dundi.

Das Traumbild der Schöpfungsapparatur hatte als Köder gedient und sie hatten danach geschnappt wie ein Fisch nach dem Angelhaken. Der Kokon war ein Gefängnis. Noch während Lukas das begriff, veränderte sich die Umgebung um ihn herum erneut.

Er war allein.

Um ihn herum erhob sich der vertraute Flüsterwald, zu Hause in Deutschland. Allerdings bestand alles aus Stein.

Hoch am Himmel waberte giftiger Nebel. Die Stimme der Zauberin hallte von weit her: »Ich habe euch doch gesagt, ihr sollt euch heraushalten. Jetzt ist es zu spät. Ich habe gewonnen, Lukas. Alles ist versteinert. Du hast versagt.«

»Nein!«, rief er zurück. »Das ist nicht echt.«

Doch seine Worte waren schwach und kraftlos. Alles um ihn herum bestand aus Stein, alles. Er entdeckte einen Menok zwischen den Wurzeln eines Baumes, eine Elfe auf einem Ast. Und war dort vorne nicht auch eine Katze?

Die Zauberin hatte die Macht der Apparatur benutzt, um jedem Lebewesen Magie zu entreißen und steinerne Statuen aus ihnen zu machen. Was sollte er jetzt noch tun?

Nichts.

Er konnte nicht.

Er hatte versagt.

Lukas ließ die Schultern hängen. In seinem Inneren breitete sich Trostlosigkeit aus.

Und während er so dastand und den Stein betrachtete, wurden seine Schuhe grau. Dann seine Hose.

Er wurde ebenfalls zu einer Statue aus Stein.

Ranis lustige Abenteuer

Wie ich in Australien ganz viel Spaß hatte und nebenbei meine Freunde rettete :)

Er war hübsch und lustig. Also der Stein. Wirklich eine tolle Arbeit. Lukas und Dundi waren fort, vermutlich wollten sie Verstecken spielen. Kurzerhand zog ich mein Büchlein hervor und begann, hineinzuschreiben.

Ich werde zu Hause eine neue Seite beginnen, auf der ich Witze notiere. Weil sie lustig sind. Und ich kenne eine Menge. Aber das ist jetzt nicht ganz so wichtig.

Sprechen wir über das Abenteuer in der Traumzeit, wo wir beinahe alle zu Stein geworden wären. Sogar ich.

Eines der versteinerten Gebäude sah aus wie ein Glückskeks. Einer mit Schokolade. Ich tat also, was jeder vernünftige Menok tun würde: ~~Ich kletterte hinauf und leckte daran. Schmeckte leider wie Stein.~~ Ich ging mit äußerster Willensstärke weiter und ignorierte die Versuchung.

Dann entdeckte ich Lukas und Dundi.

Die beiden sahen aus wie Fliegen, die in ein Spinnennetz geraten waren. Lustige Fliegen. Eine bunt und leuchtend, die andere – eher menschlich-normal. Aber dafür konnte Lukas schließlich nichts.

Dundis Bauch warf alle möglichen flackernden Lichter auf den Boden, wie Scheinwerfer. Sie flirrten und leuchteten, hüpften von hier nach da. Das lud dazu ein, sie zu fangen. ~~Ich flitzte von einem Licht zum nächsten, doch sie entkamen mir immer wieder.~~ Was ich natürlich ignorierte.

Es war ja nur farbiges Licht.

Aber wie bekam ich die beiden Gefangenen jetzt dort raus? Der arme Lukas war ohne mich verloren. Dundi konnte möglicherweise überleben, Lukas keinesfalls. Dafür war ich da, um ihn zu retten.

Testweise schob ich meinen Greifschwanz in die Höhe, durchdrang damit das Gespinst, als wäre es Luft. Dundis Magie musste immer noch wirken, dadurch konnte ich das Gespinst einfach so passieren.

Nun sind wir Menoks bekannt für unsere Stärke, Intelligenz und

Grazilität (das Wort gibt es wirklich). Leider nicht für unsere Hüpfkünste.

»Lukas!«, rief ich.

~~Es war hoffnungslos.~~

~~Testweise hüpfte ich, plumpste aber auf die Erde wie ein Sack voller Schokolade.~~ Leider hing der Kokon ein wenig zu hoch in der Luft, sonst hätte mein durchtrainierter Körper es geschafft.

»Dundi!«

»Traum – klebt.« Das Regenbogengürteltier blinzelte, schlief dann aber weiter.

Ein kleines Schläfchen wäre fein gewesen, aber natürlich widerstand ich dem Drang. Da wäre es gar nicht notwendig gewesen, dass Dundi mir ins Gesicht leuchtete, nachdem meine Lider für ein oder zwei Sekunden zugefallen waren.

Es gab also verschiedene Möglichkeiten für mich als schlauen Menok, dieses Problem zu lösen. Erst einmal streckte ich meinen Greifschwanz in die Höhe und kitzelte Dundi. Das war lustig. Außerdem wurde er so vielleicht endgültig wach. Wurde er nicht. Lukas kitzelte ich ebenfalls. Aber der reagierte überhaupt nicht. Diese Schuhe, die er ständig trug, waren sehr hinderlich. Angeblich zogen Menschenjungs die an, weil sie ihre Füße zu selten wuschen. In meinem Büchlein habe ich dem ein ganzes Kapitel gewidmet.

Als kleiner Menok mochte ich Wasser auch nicht. Deshalb hat meine Mutter behauptet, dass Seife sich wie Schokolade anfühlt. Wir haben uns um die Badewanne geprügelt, bis wir gemerkt haben, dass das eine Lüge ist. Aber man kann mit Seife im Wasser tolle Luftblasen machen.

Ob es hier auch ...?

Lukas stöhnte auf.

Richtig, ich musste ihn retten. Und Dundi. Und alle Flüsterwälder. Denn auch wenn ich lustig war, war ich trotzdem noch ein Held. Nur eben ein lustiger.

Kurzerhand packte ich Lukas an seinem Fuß und zog mich in die Höhe. Möglicherweise mochte das für unbedarfte Beobachter verkrampft aussehen und ich benötigte beide Arme und meinen Greifschwanz, um hinaufzukommen. Gut, dass Lukas' Hose so eng saß, sonst wäre sie nämlich heruntergerutscht.

Wusstet ihr, dass die Haut von Menschen sich grün verfärbt, wenn sie ihre Kleidung verlieren? Und wenn sie länger als eine Stunde nackt sind, werden alle Wünsche rückgängig gemacht, die sie je gewährt haben.

Bestimmt würde mein Fell dann weniger glänzen, mein Ball verschwinden und obendrein würde sich die Schokolade in meinem Bauch auflösen, die mir Lukas bei unserem ersten Zusammentreffen gegeben hat.

Elegant wie ein Kletterpuschel hing ich also herum. Ich saß auf

Dundis Kopf, hielt mich mit dem Greifschwanz an ihm fest und mit beiden Armen an Lukas.

»Aufwachen!«, brüllte ich ihm ins Ohr.

Er reagierte noch immer nicht.

Was haben diese Menschen nur mit ihrem Schlaf? Aber da sah ich es. Ein Faden führte vom Kokon zu Lukas' Stirn. Ich wollte ihn abzupfen, aber da veränderte sich plötzlich die Umgebung.

Ich stand im Flüsterwald.

Nur war er steiniger als sonst.

Also so richtig versteinert. Es war nicht sehr schön. Neben mir stand Lukas.

»Kannst du bitte aufwachen?«, sagte ich.

Dann blickte ich zu ihm auf. Er war ebenfalls fast versteinert. Nur sein Gesicht war noch frei. Ich überlegte. Und da fiel mir die Lösung ein:

»Stehen zwei Menoks im Wald und unterhalten sich über wichtige Dinge. Plötzlich kommt ein großer Hamster vorbei. Da sagt Cani zu Rani: Ich wusste gar nicht, dass der Bus auch hier entlangfährt. Haha.«

Dieser Witz ist lustig, weil wir Menoks Hamster nicht mögen. Das liegt an einer sehr alten Geschichte, in der eine Hamsterfamilie, eine Menok-Familie und zu wenig Platz vorkommen. Und Schokolade. Und Karotten. Mehr wollte mein Großmenok mir nicht verraten.

Lukas lachte leider nicht.

Ich stupste ihn in die Seite. »Es ist unhöflich, über Menok-Witze nicht zu lachen.«

Glücklicherweise fiel mir in diesem Augenblick ein, dass Menschen an ihrer Haut ja sehr empfindlich sind. Deshalb suchte ich mir eine freie Stelle – ich entschied mich für Lukas' Nase – und kitzelte ihn dort.

Er lachte zwar nicht, musste aber niesen.

Der Stein brach von ihm ab.

»Du lustiger Held hast mich schon wieder gerettet!«, rief Lukas. »Ohne dich ...« (Ich überspringe all die Komplimente, Dankesworte und Huldigungen, die er sagte – das führt einfach zu weit.)

Nachdem Lukas wieder vom Stein befreit war, entdeckte ich auch hier den silbernen Faden auf seiner Stirn und zupfte ihn ab. Im nächsten Moment hingen wir beide wieder im Kokon.

Dann zog ich Dundis Faden ab.

Das Regenbogengürteltier sah mich mit großen Augen an. »Es gibt Lieder über dich, du Held aus dem deutschen Flüsterwald, aber du bist ja noch lustiger, als ich dachte.«

Hach, sie müssen auch immer übertreiben.

Mithilfe von Dundis Magie sanken wir wieder zu Boden, aus dem gemeinen Kokon heraus. Ich wollte mich jetzt ganz auf die lustigen Lichter konzentrieren, aber sie erloschen.

Wir widmeten uns also wieder unserem eigentlichen Ziel: die Schöpfungsapparatur zu finden.

Währenddessen erzählte ich weiter Witze.

Seele aus Stein

Ella

Es musste ein Albtraum sein! Ella hätte alles dafür gegeben, jetzt aufzuwachen. Aber die Spinne war real. Ein Gifttropfen glitt von ihren Mandibeln, und noch bevor er den Boden berührt hatte, sprang das Tier und kam direkt vor Ella auf.

Niemals wäre sie schnell genug gewesen, dem tödlichen Biss zu entkommen, doch Punchy reagierte blitzschnell. Mit einem Fauchen machte sie einen Satz nach vorn, direkt vor die Angreiferin. Diese biss vermutlich nur deshalb nicht zu, weil sie zu verdutzt war.

»Die Tür!«, rief Felicitas. »Du musst sie öffnen, Noah.«

Bedauerlicherweise lenkte sie damit die Aufmerksamkeit der Spinne wieder zurück auf sich. Die Angreiferin setzte erneut zum Sprung an, doch in dem Moment schnappte Punchy zu. Die Spinne strauchelte, plumpste auf die Erde und rollte über den Rand der Bodenplatten in den Abgrund.

Als wäre dies das Startsignal, leuchteten überall von unten Augen auf. Pelzige Leiber bewegten sich, Spinnfäden wurden abgeschossen. Die Spinnen erwachten ... alle.

»Noah!«, stieß Ella aus.

»Ich weiß nicht, warum sie sich nicht öffnet.« Hektisch blickte der Beschützer des australischen Flüsterwaldes zwischen ihr und der verschlossenen Tür hin und her.

Felicitas zog mit gerunzelter Stirn aus einer Falte ihres Kleides etwas hervor. Eine Blüte.

»Kannst du damit die Tür öffnen?«, fragte Ella mit wiedererwachter Hoffnung.

»Nein«, erwiderte die Elfe. »Aber das ist ein Lubilu-Blatt. Wenn ich es zerreibe, entsteht ein Saft, den Arachnoiden gar nicht mögen.«

Mit Arachnoiden meinte Felicitas Spinnen jeder Art.

»Genau genommen mögen die meisten Tiere, die ein schwarzes Fell haben, den Geruch nicht«, erklärte sie. »Ich glaube, Mirabella hatte vor, Punchy damit zu ärgern, deshalb habe ich das Blatt vorhin eingesteckt.«

Ella hatte noch nie davon gehört, dass ein Kraut seine Wirkung je nach Farbe eines Tieres entfaltete, aber im Flüsterwald war eben alles möglich.

Felicitas rieb sich ihre Arme mit dem Blatt ein, dann reichte sie es an Ella weiter, die es ebenfalls tat. Danach folgte Noah ihrem Beispiel. Punchy rümpfte die Nase – sie hatte dunkles Fell – und lehnte den Blattsaft ab. Dafür wich sie bis zur Tür zurück. So konnte sie sich hinter den anderen verstecken.

Immer mehr Spinnen fanden ihren Weg auf den Steg. Wie eine pelzige Wand aus Beinen, Körpern und Mandibeln kamen sie näher. Es klackte und schabte.

»Noah!« Ella presste sich gegen die Tür.

»Ich kann nichts tun«, gestand er. »Es tut mir leid.«

Punchy fauchte.

Felicitas hatte ihren Rücken den Spinnen zugewandt und betastete die Tür. »Oh.« Sie schlug mit ihren Flügeln und stieg in die Höhe. »Der Dämpfungszauber ist hier zu Ende. Vor der Tür verläuft ein schmaler Bereich, in dem Magie funktioniert.« Sie flatterte fröhlich in die Höhe.

Leider war das Anlass für die Spinnen, zu reagieren. Sie wurden zwar durch den Geruch des Lubilu-Blattes abgehalten, doch sie konnten ihre Spinnenfäden in die Ferne verschießen. Und exakt das taten sie auch.

Ein klebriger Faden traf Felicitas und wickelte sie ein. Wie eine Fliege, die sich in einem Spinnennetz verfangen hatte, klebte sie an der Tür.

»Kannst du die Tür öffnen?!«, rief Ella.

»Jetzt nicht mehr«, erwiderte die Elfe. »Meine Flügel lassen sich nicht bewegen.«

Ganz langsam schoben die Spinnen sich näher. Vermutlich rangen sie mit sich, was größer war: ihr Hunger oder der Ekel vor dem Geruch. Ella befürchtete, dass der Hunger gewinnen würde.

»Ich müsste nur ein bisschen meine Flügel bewegen können«, rief Felicitas. »Es geht aber nicht.«

Ella kam eine Idee. Sie trat zu Felicitas, packte die Elfe und schüttelte sie. Elfenstaub rieselte herab. Ein Knall erklang, die Tür sprang auf.

Punchy machte einen Satz nach vorn in den anderen Raum, fast zeitgleich folgten Noah und Ella, die noch immer Felicitas hielt. Punchys Katzenkrallen schlitzten die Spinnfäden auf und kurz darauf war die Elfe wieder frei. Die Spinnen hetzten heran, wollten sich durch den geöffneten Spalt quetschen, doch Noah schickte ihnen Blitze entgegen, die sie zurückdrängten, und schlug die Tür zu.

»Das war knapp.« Er lehnte sich keuchend dagegen.

Dem war nichts mehr hinzuzufügen.

Ella sah sich um.

Sie standen im Thronsaal der Waldseele. Der Boden war bedeckt von Erde und Sand. Die Wände ringsum wiesen Malereien auf, die Menschen unter dem Sternenhimmel zeigten. Sie waren wunderschön, versprühten die Atmosphäre des Landes.

Die Seele ähnelte jener in der Herzburg und schwebte als leuchtender Ball in der Mitte des Raumes. Doch im Unterschied zur Herzseele wies sie einen eher rötlichen Ton auf. Und mit der Ausnahme eines kleinen Restes war sie versteinert.

»Nein«, hauchte Noah.

»Noah«, wisperte die Waldseele. »Du bist hier. Ich hatte bereits befürchtet, dass die Zauberin euch etwas angetan hat. Sie ist tückisch.«

»Wie können wir sie aufhalten?« Noah trat an die Waldseele heran.

»Gar nicht«, sagte diese. »Nicht hier.«

»Dann müssen die anderen Waldseelen helfen.«

Ella schluckte. Sie trat neben Noah und blickte hinauf. Sie konnte auch hier die Güte spüren, die von der Waldseele ausging. Dennoch war ihre Ausstrahlung anders als die der Herzseele. Rauer, erdiger.

»Die anderen Seelen sind ebenfalls versteinert«, erklärte

die Seele. »Durch mich hat es sie alle erwischt. Ich bin die Letzte. Es ist nur noch das Herz übrig, das ich auch an dir spüre, Besucherin.«

»Aber was können wir tun?«, fragte Ella. »Es kann doch nicht vorbei sein. Wo ist die Schöpfungsapparatur? Wir werden sie umpolen und die Magie wieder zurückfließen lassen.«

»Sie ist nicht hier«, erklärte die Seele. »Sie ist eingewoben in die Traumzeit. Vollständig, nicht nur als Abbild. Die Zauberin hat sie dorthin gebracht.«

Im ersten Augenblick war Ella enttäuscht. Doch im nächsten atmete sie auf. Lukas, Zoe, Dundi und Rani befanden sich dort. Sie würden es irgendwie schaffen.

»Ihr müsst fliehen«, sagte die Waldseele. »Noah – du, Zoe und Dundi –, ihr seid die Letzten. Verlasst diesen Flüsterwald. Vereint die Beschützer und stellt euch der Zauberin. Ihr müsst die letzte Seele verteidigen.«

Ella spürte einen Schauer über ihren Rücken hinabrinnen. Standen sie wirklich kurz davor, diesen Kampf zu verlieren? Das hätte sie niemals geglaubt. »Aber wir werden die Apparatur umpolen, damit sie die Magie zurückgibt.«

»Die Schöpfungsapparatur«, erklärte die Waldseele und erschauerte, »ist eine Fa…«

Ein letztes Wabern, und die Seele wurde endgültig zu Stein.

Noah stand im Thronsaal, der plötzlich kalt und leer wirkte, und blickte bedrückt auf die versteinerte Seele.

»Es tut mir leid«, sagte Ella.

»Schon gut.« Seine Stimme klang rau. »Wir wussten, dass es vermutlich so kommt. Alles andere wäre Glück gewesen.« Er ließ die Schultern hängen.

Ella wollte etwas Tröstendes zu ihm sagen, ihn aufrichten. Doch bevor sie dazu kam, zogen stinkende Nebelschwaden auf: gelblich, giftig.

In diesem Augenblick färbten sich die Glassplitter im Armband von Felicitas und Punchy endgültig schwarz.

Dann erschien die Zauberin.

Auge in Auge

Ella

Seltsamerweise fürchtete Ella sich in diesem Augenblick nicht. Nachdem sie Riesenspinnen gegenübergestanden hatte, beinahe ein Bad in einer Schlangengrube genommen hätte und überhaupt nur hier war, weil sie entführt worden war, konnte die Zauberin sie nicht mehr erschrecken.

»Ihr habt euch Zeit gelassen«, erklang die bekannte Stimme aus dem giftigen Nebel. »Ich hätte früher mit euch gerechnet.«

»Tut mir wirklich leid, dass wir deine Pläne durcheinandergebracht haben«, erwiderte Ella. »Können wir das irgendwie wiedergutmachen?«

»Ich mag deine Frechheit«, sagte die Zauberin. »So war ich auch einmal. Vor langer Zeit, in meiner Jugend. Als es noch schön war.«

Zum ersten Mal gab die Zauberin etwas über sich selbst preis. Das wunderte Ella. Wieso war sie nicht wütend? Immerhin war Ella ihren Fesseln am Ritualplatz entkommen und hatte den Plan der Zauberin vereitelt, ihr die Blinzelmagie zu entreißen. Sie sah, wie Noah wie zufällig eine der Perlen an seiner Kette berührte. Kurz darauf runzelte er die Stirn und schüttelte den Kopf. Er konnte die anderen nicht erreichen.

Ella fluchte lautlos.

»Immer wenn ihr glaubt, meine Pläne zu kennen, bin ich bereits einen Schritt weiter. Hast du das noch nicht begriffen, Ella? Ich verrate euch etwas: Der Plan war tatsächlich, dir deine Blinzelmagie zu stehlen. Aber für den Fall, dass er scheiterte, hatte ich bereits einen Ersatzplan geschmiedet. Ich werde siegen. Und ihr könnt es nicht verhindern. Im Gegenteil, ihr werdet mir sogar dabei helfen.«

»Niemals!«, brüllte Ella den Nebel an.

»Natürlich nicht freiwillig, aber das ist am Ende egal.« Die Zauberin wirkte zufrieden, ihre Stimme klang triumphierend. »Ihr seid berechenbar. Und genau das ist es, was mir hilft. Das kommt davon, wenn man zu lange wegsieht.«

Wieder kam Ella ins Grübeln.

Die Zauberin spielte mit ihnen wie eine Katze mit dem Wollknäuel. Und es stimmte, sie war ihnen stets einen Schritt voraus. Zuerst stahl sie die Schöpfungsapparatur, dann schloss sie den Meisterschlüssel der Blinzelingenieure an. Nachdem die Freunde ihn zerstört hatten, fand sie über den roten Felsen Zugang zum Seelenbund. Zudem entführte sie Ella, um noch schneller bei ihren Plänen voranzukommen. Sobald sie ihr einen Weg verbauten, fand ihre Gegnerin einen anderen.

»Wieso stellst du deinen Plan nicht zurück und wir unterhalten uns«, sagte Ella. Möglicherweise gab es einen anderen Weg, als ständig gegeneinander anzukämpfen.

»Ich denke nicht daran«, stellte die Zauberin leider sofort klar. »Ich bin erst fertig, wenn alle Flüsterwälder mit sämtlichen Lebewesen darin versteinert sind. Aber vielleicht lasse ich dich ja bis zum Schluss übrig und wir unterhalten uns dann.«

»Ich bin ein Mensch«, hielt Ella dagegen. »Mich kannst du gar nicht versteinern.«

»Oh liebe Ella, du hast da etwas vergessen.« Der Ton der Zauberin bekam einen triumphierenden Unterton. »Du und Lukas habt Magie mit euch verschmolzen: Siegelmagie und Blinzelmagie. Damit seid ihr auch Teil der magischen Welt. Und somit ist es mir durchaus möglich, euch zu versteinern. Es ist nicht so einfach, aber wenn alle anderen weg sind, kann die Schöpfungsapparatur auch euch die Magie entreißen und dafür Versteinerungsmagie zurückschicken. Es ist praktisch ein Tausch. Das gilt für jeden Beschützer des Waldes. Aber ich werde die Beschützer erst ganz am Ende zu Statuen machen.«

Es war klar, dass die letzte Bemerkung an Noah gerichtet war.

»Warum bist du nur so böse?«, fragte Felicitas.

»Daran seid ihr selbst schuld«, grollte es aus dem Nebel.

»Aber was haben wir denn getan?«, fragte Felicitas.

Womit sie bei der alles entscheidenden Frage angelangt waren. Was konnte so Furchtbares geschehen sein, dass die Zauberin um jeden Preis Rache üben und alles zerstören wollte?

Ein kräftiger Rumms gegen die Tür ließ Ella zusammenzucken. Die Spinnen versuchten weiterhin, in den Thronsaal einzudringen. Noch hielt die Tür stand.

»Es war lustig, euch zu beobachten«, sagte die Zauberin. »Ehrlich gesagt habe ich darauf getippt, dass ihr direkt in der Schlangengrube endet. Die versteckten Öldüsen waren doch eine nette Idee, nicht wahr? Bei den Spinnen wollte ich euch glauben machen, dass ihr es bereits geschafft habt, aber am Ende … tja. Manchmal ist das Ziel so nah, doch dann verliert man am Ende eben doch.«

»Wir haben aber nicht verloren und wir werden dich aufhalten!«, rief Noah.

»Na da macht ihr ja bisher einen tollen Job«, gab die Zauberin unbeeindruckt zurück. »Ich bin fast am Ende angelangt und keiner von euch konnte mir etwas entgegensetzen. Einige Beschützer wussten nicht einmal, was passiert. Sie waren gerade in der Schule oder woanders unterwegs. Das wird ein böses Erwachen sein, wenn sie ihren Flüsterwald betreten.«

»Du …« Ella fehlten angesichts von so viel Boshaftigkeit die Worte.

Ein Wassertropfen löste sich von der Decke und platschte ihr auf die Stirn. Kalt rann er ihre Nase hinab und über ihr Gesicht.

Stirnrunzelnd sah sie sich um. Woher kam das Wasser?

Gedankenverloren betastete sie ihre Stirn.

Da war schon einmal etwas gewesen. Was war es?

»Ich sehe, wie es in dir arbeitet, Ella. Hast du mir noch etwas zu sagen? Denn so wie ich das sehe, seid ihr am Ende.«

Eine weitere Erschütterung traf die Tür. Noahs Muskeln spannten sich an. Blitze tanzten über seine Finger. Er war dazu bereit, zu kämpfen. Felicitas sah ebenfalls aus wie ein Kometenschweif kurz vor dem Einschlag.

Der giftige Nebel wirbelte. Eine weitere Welle des Gestanks wehte an Ellas Nase. Jetzt nahm sie auch die Rinnsale aus Wasser wahr, die die Wand hinunter zu Boden rannen. War es im Thronsaal bereits feucht gewesen, als sie durch die Tür gekommen waren? Oder erst seitdem die Zauberin im Raum erschienen war?

In Ellas Kopf blitzte eine Erinnerung auf: Sie sah Lukas, Rani, Punchy und sich selbst, wie sie sich gemeinsam auf den Weg zu den Blinzelingenieuren gemacht hatten. Der unterirdische Gang war eingestürzt gewesen, also hatten sie das Erde-Luft-Pulver benutzt, das ihr Großvater entwickelt hatte. Doch die Erde war stattdessen zu Nebel geworden und beinahe hätte Ella es nicht bis durch den Gang geschafft.

»Aber Großvater weiß, was er tut«, murmelte sie. »Trotzdem ging es schief.«

Sie spürte, dass sie etwas auf der Spur war.

Der Gang war feucht gewesen, genauso wie die Erde, mit der er verschüttet gewesen war. Natürlich! Deshalb hatte der Zauber nicht richtig gewirkt. Er war auf gewöhnliche Erde ausgerichtet. Doch die im Gang war durch und durch mit Wasser angereichert gewesen.

Und plötzlich, als hätte ein Zauberer mit den Fingern geschnippt, fielen die Puzzleteile an ihren Platz. Das Wasser im Gang. Die verwandelten Katzen. Der giftige Nebel.

»Du bist auf einmal so blass, kleine Ella«, erklang die Stimme der Zauberin. »Was mag da nur los sein?« Sie lachte leise. »Ich habe mich schon gefragt, wann ihr es endlich versteht.«

»Was ist los?« Felicitas blickte aufgeregt von Ella zum Nebel und wieder zurück. »Wovon spricht sie?«

»Ich weiß es jetzt«, krächzte Ella. »Ich weiß, wer die Zauberin ist.«

Ungläubig starrte sie auf die Silhouette im eitrigen Gelb. Es war die ganze Zeit direkt vor ihren Augen gewesen.

Die Macht der Träume

Lukas

»Danke für deine Rettung, Rani, du bist wirklich ein großer Held«, sagte Dundi.

Klong. »Das weiß ich natürlich. Aber alle anderen nicht.« Der Menok kicherte, weil er das wohl wieder sehr lustig fand.

Lukas war ihm ebenfalls dankbar, dass er ihn und Dundi aus dem Kokon befreit hatte. Der Versteinerungsalbtraum war Lukas so echt vorgekommen, dass er es allein vermutlich nie geschafft hätte, daraus wieder aufzutauchen. Und irgendwie musste Lukas zugeben, dass ihm dieser lustige Rani gefiel, der ständig ein breites Grinsen aufgesetzt hatte und darüber nachsann, wie er andere zum Lachen bringen konnte.

Klong.

Die Löffel hasste Lukas allerdings aus ganzem Herzen.

Nachdem Rani sie befreit hatte, konzentrierten sie sich wieder darauf, wie sie hier in der Traumzeit ihre Aufgabe zu Ende bringen konnten und an das Abbild der Schöpfungsapparatur kamen.

Langsam liefen sie weiter durch die Traumzeit. Die weite Ebene wirkte auf eine seltsame Art und Weise surreal, wie ein Traum, den man erlebte, der sich aber sofort verflüchtigte, sobald man die Augen aufschlug. Hier und da entstanden kurz Silhouetten von Gegenständen oder Gebäuden, doch bevor Lukas sie genauer betrachten konnte, waren sie wieder fort. Das Einzige, was dauerhaft blieb, waren Gras, Bäume und hier und da ein Strauch.

Dundis Nase zuckte ständig, als ob er den Weg erspüren würde, wobei Rani ihn bereits vor ihm zu kennen schien. Seit ihrem Abenteuer bei den Blinzelingenieuren wusste Lukas ja, dass der Menok Magie wahrnehmen konnte. Das funktionierte anscheinend sogar schneller als bei dem Regenbogengürteltier.

»Möglicherweise wurde die Schöpfungsapparatur dort im Berg versteckt.« Rani deutete in die Ferne.

Lukas runzelte die Stirn. »Das ist kein Berg.« Er erbleichte. »Es sieht aus, als wäre es die Apparatur in der Größe eines Berges.«

Sie war gewaltig anzusehen. Das Holz, die Zahnräder, die Aufbauten aus Metall – alles war noch da. Nur deutlich größer.

»Das hier ist die Traumzeit«, erklärte Dundi. »Hier ist alles möglich.« Dundis Nase zuckte, dann richtete er sich plötzlich auf. »Jetzt verstehe ich! Das da vorne ist gar kein Abbild. Die Zauberin hat es geschickt gemacht. Sie hat gleich die echte Schöpfungsapparatur hierhergebracht. Ich kann es spüren. Die Magie, die von der Apparatur ausgeht, ist sehr viel stärker, als es bei einem Abbild der Fall wäre. Sie hat tatsächlich die Apparatur hierhergebracht und dann ein Abbild erschaffen, das für uns ein Köder war. Doch es war nur eine Illusion. Das da vorne hingegen ist die echte Schöpfungsapparatur!«

»Damit wir die Schöpfungsapparatur mitnehmen können, müssten wir sie zuerst wieder in die richtige Größe bringen.« Von einem Berg zurück zur Mini-Version. Lukas hatte keine Ahnung, wie das gehen sollte.

»Das ist richtig. Die Zauberin hat mithilfe der Magie der Traumzeit die Größe der Apparatur verändert. Träume können hier real werden, deshalb ist die Traumzeit manchmal auch so gefährlich«, erklärte Dundi. »Es ist aber ein Unterschied, ob man selbst träumt oder ob man etwas verändern möchte, was ein anderer erträumt hat.«

Rani blinzelte. *Klong*. »Das ist ja lustig.«

Rings um den Menok sprossen plötzlich kleine Bäume aus dem Boden, die einem gewissen Bonsai-Bäumchen auf Lukas' Speicher sehr ähnelten. Rani war fest davon überzeugt, dass es sich bei dem Bonsaibaum um ein Schokoladenbäumchen handelte, an dem bei ausreichend Pflege Schokoladentafeln wuchsen. Es ploppte und an den erträumten Bäumchen hingen plötzlich tatsächlich kleine Schokoladentafeln. Rani starrte sie mit offenem Mund an.

Die Erscheinungen spornten ihn offenbar an, sich weitere Dinge zu erträumen. Ein gewaltiger Kessel erschien hinter den Bäumchen, in dem Schokolade blubberte.

Der Blick des Menoks wanderte vom Bottich zu den Löffeln in seiner Hand, die prompt wuchsen.

»Rani …« Lukas wollte den Winzling zurückhalten.

Doch zu spät.

»Ich bin gleich wieder da.«

Mit der Geschwindigkeit einer Blinzelbahnverbindung sauste Rani davon, als hätte er Angst, die Schokolade könnte weglaufen. Er nahm Anlauf, als wollte er in einen gewaltigen Pool springen, und warf sich in den Bottich.

Leider machte es erneut *Plopp*. Der Bottich verschwand und tauchte in ein paar Metern Entfernung wieder auf. Rani flitzte ihm hinterher.

»Oh, das kenne ich«, sagte Lukas. »Wenn ich im Traum etwas hinterherjage, verschwindet es auch immer. Vor einiger Zeit wollte ich unbedingt das neue Buch meiner Lieblingsreihe haben. Im Traum stand ich mit anderen in der Schlange vor der Buchhandlung an. Aber ich war der Letzte. Und als ich endlich drankam, war es ausverkauft. Ab dem Punkt wurde es dann seltsam. Die Buchhändlerin hatte noch ein Exemplar für sich selbst beiseitegelegt, aber sie war nur bereit, es gegen meine neuen Sneaker zu tauschen. Als ich ihr die nicht geben wollte, hat sie das Buch meiner Schwester geschenkt und mit meiner Mutter meditiert.«

Lukas wollte lieber nicht darüber nachdenken, was das alles zu bedeuten hatte – abgesehen von der Tatsache, dass er unbedingt das neue Buch haben wollte.

Prompt tauchte neben ihm ein Verkaufstisch auf, der mit Büchern beladen war. Mit großen Augen starrte Lukas darauf. Wenn er eines der Bücher nahm und aufschlug, was stand wohl darin?

»Lass dich nicht ablenken!« Dundi schnippte mit seinen Fingern. »Das sind alles nur Träume. Je länger wir hier sind, desto stärker wird die Verbindung zur Traumzeit. Gedanken werden immer schneller manifestiert und chaotischer. Wenn ich mir diese Details bei den Büchern so ansehe, hast du eine ausgeprägte Fantasie.«

»Bringt das Lesen so mit sich.« Lukas widerstand dem Drang, sich den Büchern zu widmen.

Das Regenbogengürteltier blickte zu der berghohen Schöpfungsapparatur, dann sah es wieder zurück zu Lukas. »Vielleicht haben wir doch noch eine Chance.«

Rani setzte gerade erneut zum Sprung an. Die Löffel hatte er wieder geschrumpft in seinem Fellsack versteckt. Aufgeben kam aber eindeutig nicht infrage. Er sprang – der Schokotopf verschwand. So ging das immer weiter. Lukas erinnerte sich an die Erzählung der Flüsterwäldler über das Herzburgfest. Damals war Rani in einen Schokoladentopf geplumpst, was vermutlich Absicht gewesen war. Ein Artikel darüber hatte es wohl sogar in die Flüsterzeitung geschafft.

Dundi und Lukas blieben einige Schritte vor der riesigen Apparatur stehen.

»Kannst du versuchen, die Apparatur wieder in ihre normale Größe zu träumen? Du hast sie in der Realität gesehen, kennst alle Details, damit wärst du für diese Aufgabe besser geeignet als ich«, sagte das Regenbogengürteltier.

»Wie soll das denn gehen?«

»Du musst es dir vorstellen«, erklärte Dundi. »Allerdings wird die Apparatur sich wehren, weil sie so bleiben möchte, wie die Zauberin sie geträumt hat.«

Darunter konnte Lukas sich zwar nichts vorstellen, aber er konnte es ja einfach versuchen. Immerhin schien das der einzige Weg zu sein.

Mit zusammengekniffenen Augen starrte er auf den Berg aus Holz und Metall, verwinkelten Schründen und surrenden Zahnrädern. Die Apparatur zuckte kurz, mehr geschah jedoch nicht. »Das war wohl nicht sehr erfolgreich.«

»Du versuchst es zu intensiv.« Dundi grübelte. »Lass es mehr fließen. Tief einatmen und wieder ausatmen, stell dir vor, was passieren soll.«

Ein wenig erinnerten die Worte Lukas an die Meditationsübungen, die seine Mutter immer zu Hause durchführte. Er selbst hatte auch einige Male teilgenommen. Zum Zwecke der Erdung und so.

»Okay, ich versuche es.«

Lukas räusperte sich, atmete tief ein und langsam wieder aus. Er stellte sich seinen eigenen Atem vor, der ihn durchströmte, aus ihm herauspuffte und die Apparatur umloderte. Er stellte sich vor, wie die Schöpfungsapparatur schrumpfte, bis sie ihre Originalgröße eingenommen hatte.

Lukas schnaubte. »Es funktioniert nicht.«

Er blinzelte und öffnete die Augen.

Das bergähnliche Ding war verschwunden. Vor ihnen stand die Schöpfungsapparatur in ihrer richtigen Größe.

»Das war echt gut.« Dundi wirkte beeindruckt. »Normalerweise muss man sehr lange üben, um so etwas zu schaffen. Du hast viel Fantasie und eine hohe Konzentration.«

Zufrieden trat Lukas an die Schöpfungsapparatur, ließ seine Finger über das Holz und Metall wandern. Es fühlte sich kalt an und rau.

Ein Keuchen erklang. Rani kehrte zu ihnen zurück, schwer japsend und mit knallroten Bäckchen. »Das war lustig. Aber auch ein wenig frustrierend. Ich möchte meine Schokolade!«

»Wir haben die Schöpfungsapparatur«, sagte Lukas freudig.

»Wollen wir noch einmal versuchen, Schokotöpfe zu jagen?«, fragte der Menok. »Gemeinsam haben wir eine Chance.«

Hinter Rani erschienen bereits wieder allerlei Töpfe, in denen es blubberte. Es roch nach Nugat-, Traube-Nuss- und Marzipan-Schokolade.

In dem Moment hörte Lukas ein Rascheln. Mit einem Satz landete eine Katze mit zotteligem Fell vor ihnen.

»An der Stelle sollte ich wohl sagen: Miau.«

Im nächsten Augenblick ruderte Lukas mit den Armen, als der Boden unter ihm verschwand.

Katzentraumkampf

Lukas

Lukas fiel, die Gedanken wirbelten durch seinen Kopf.

Zottelfell war da! Natürlich hatte die Zauberin etwas so Kostbares wie die Schöpfungsapparatur nicht allein gelassen. Und wie es aussah, besaß Zottelfell ebenfalls eine Menge Fantasie.

Plötzlich saß Lukas allein auf einer matschigen Ebene voller Dreck. Ringsherum standen verfaulte Blütenstängel, der Boden bestand aus Schlamm.

Vor ihm landete Zottelfell auf allen vieren. »Es war amüsant, euch zuzusehen. Wie ihr da im Kokon eingesperrt wart. Ich dachte schon, ich brauche mich nur noch um Zoe zu kümmern, aber das müssen nun meine Katzen übernehmen.«

»Sie wird deine Angreiferkatzen wegpusten«, rief Lukas.

Er kam auf die Beine und war von oben bis unten mit Schlamm beschmiert. Seine Haare klebten zusammen, sein Hoodie wies allerlei Risse auf.

»Sollte das tatsächlich so sein, kümmere ich mich danach persönlich um sie«, sagte Zottelfell leichthin.

»Du bist ja sehr zuversichtlich. Wenn man bedenkt, dass wir euch schon mehrmals besiegt haben, kommt mir das doch etwas überheblich vor«, gab Lukas zurück.

»Meinst du?«

Zottelfell schnippte mit der Tatze.

Eines war sicher: Echte Katzen konnten nicht mit ihren Tatzen schnippen. Doch irgendwie war hier in der Traumzeit auch das möglich. Prompt formten sich aus dem schlammigen Untergrund Kopien von Zottelfell: zottelige Katzen, die scheinbar aus Lehm bestanden.

»Ist ja nicht so, als würde ich allein gegen euch antreten.« Zottelfell schenkte Lukas ein überhebliches Zwinkern. »Schnappt euch den Menschenjungen!«

Die Katzen schossen auf Lukas zu. Er wollte sich wegducken, doch die schiere Masse begrub ihn unter sich.

Lehm schwappte über ihm zusammen, nahm ihm die Luft zum Atmen. Der Lehm drang in seinen Mund ein, in die Nase. Lukas strampelte. Er wollte an die Oberfläche, aber er kam nicht gegen die zähe Masse an.

Zottelfell lachte. »Tja, du großer Held. So stark bist du wohl doch nicht.«

Zu Lukas' Panik gesellte sich jetzt auch noch ein Schuss Wut. Er konnte keinen klaren Gedanken mehr fassen, spürte nur, wie seine Lunge aufschrie. Er brauchte Luft! Atem! Rote Schlieren tanzten vor seinen Augen.

»Einer wäre erledigt«, sagte Zottelfell zufrieden.

Wieso konnte er Zottelfell überhaupt so deutlich verstehen? Der Lehm musste doch alles dämpfen.

Es war nur ein Traum!

Lukas kämpfte die Panik so gut es ging nieder. Dann öffnete er seinen Mund und stellte sich vor, saubere Luft einzuatmen. Frisch und klar, kühl. Und tatsächlich, der Lehm verschwand. Vor Lukas stand ein verärgert dreinschauender Zottelfell.

»Toll, ihr müsst es aber auch immer kompliziert machen.« Er wedelte mit der Tatze. »Muss es also schon wieder die harte Tour sein?«

»Lustig, dass du das sagst.« Lukas ballte seine Hände zu Fäusten. »Beim letzten Mal haben wir euch den Meisterschlüssel abgenommen. Und dieses Mal nehme ich die Apparatur mit. Versprochen.«

»Versprich nichts, was du nicht halten kannst.« Zottelfell fuhr die Krallen aus. »Hat deine Mutter dir das nicht beigebracht?« Die Katze katapultierte sich in die Luft.

Lukas sprang zur Seite, doch aus dem Schlamm schwang eine Liane aus Lehm hervor, wickelte sich um sein Bein und riss ihn zu Boden. Dreck spritzte auf, als er aufprallte.

»Und gerade dachte ich, du wärst keine so leichte Beute.« Zottelfell lachte meckernd. »Ach, ihr Menschen seid so … dumm. Und langsam. Und … mir würden noch so viel mehr Bezeichnungen für euch einfallen, aber lassen wir das.«

Lukas besann sich erneut darauf, dass das hier ein Traum war. Ihm kamen aber auch Dundis Worte wieder in den Sinn. Diese Umgebung war von Zottelfell erträumt, deshalb war es so schwer, etwas daran zu ändern. Die Lösung sah damit aber auch recht einfach aus. Er rappelte sich auf.

»Was kommt jetzt?«, fragte Zottelfell höhnisch.

Lukas richtete den Blick nach innen und stellte sich vor, was geschehen sollte. Ein gewaltiger Hammer krachte zwischen ihnen herab und zerschmetterte den Boden. Sie purzelten in einen scheinbaren Abgrund und landeten …

… in einem Buchladen.

»Das war schlau«, gab Zottelfell zu. »Allerdings macht mir ein Buchladen jetzt nicht sooooo viel Angst.«

»Meinst du?« Lukas sah sich um. »Was sagst du dazu?«

Die Bücher in den Regalen und Auslagen schwebten in die Höhe. Er hatte sie lebendig gemacht, so wie es die Werke im Flüsterwald immer waren. Warum also nicht hier in seinem Traum? Die Fantasy-Bücher hielten Zauberstäbe, manche trugen einen Zauberhut. Die Science-Fiction-Bücher waren in Uniformen gekleidet und wie Weltraumhelden mit kleinen Laserpistolen ausgestattet. Es hatten sich auch ein paar der dünnen gelben Heftchen mit höherer Literatur dazwischengemogelt, da hatte die Schule wohl ihre Spuren hinterlassen. Genauer gesagt: die Theater-AG.

»Legt los!«, rief Lukas.

Die Bücher flogen brüllend durch die Luft und stürzten sich auf Zottelfell. Verdutzt starrte die Katze ihnen entgegen, weshalb ihre Reflexe viel zu spät einsetzten. Ein Zauberstab links, eine Buchfaust rechts.

Zufrieden sah Lukas zu.

Wie sich herausstellte, entfalteten die kleinen gelben Hefte besonders viel Wucht. Das konnte Lukas durchaus nachvollziehen, bedachte man den Inhalt.

Irgendwann besann sich Zottelfell jedoch darauf, dass er Krallen besaß, mit denen er Papier zerfetzen konnte. Schon bald flogen Wirbel aus Papierschnipsel um ihn herum. Doch neue Angreifer rückten nach, die Armee aus Büchern war scheinbar endlos.

Und während Zottelfell beschäftigt war, konzentrierte sich Lukas auf seine Freunde.

Mit einem *Plopp* landete er neben Dundi und Rani, die immer noch neben der geschrumpften Schöpfungsapparatur standen.

»Ich hab dir doch gesagt, er kommt von alleine zurück«, erklärte Rani gerade gewichtig. »Menschen finden immer wieder von ganz allein den Weg zu ihren Beschützern.«

»Zottelfell ist abgelenkt«, haspelte Lukas. »Wir müssen hier weg!«

Lange würde die böse Katze sicher nicht mit den Büchern beschäftigt sein.

Sie stellten sich zu dritt um die Schöpfungsapparatur auf und legten ihre Hände auf das Holz. Lukas konzentrierte sich auf Zoe. Die Umgebung waberte. Sie machten einen Schritt und purzelten gemeinsam mit der Apparatur zurück in den kuppelförmigen Raum aus Glas, wo sie Zoe zuletzt zurückgelassen hatten.

Überall lagen bewusstlose Angreiferkatzen herum.

»Ah, ich wollte gerade zu euch kommen.« Zoe ließ ihre Finger knacken. »Wind kann ganz schön gemein sein.«

»Zottelfell wird auch bald hier sein«, sagte Lukas.

Zoe verstand ohne Worte, dass die Zeit drängte und sie mit der Apparatur von hier wegmussten. Sie ließ Wind um die Schöpfungsapparatur wirbeln, wodurch diese in die Höhe stieg und in der Luft schwebte.

»Ich kann kaum glauben, dass wir die Schöpfungsaparatur schon haben«, sagte Zoe. »Ich versuche den anderen Bescheid zu geben, dass sie die Apparatur nicht mehr im *Uluru* suchen müssen.« Ihre Hand ruhte bereits auf einer der Perlen an ihrer Halskette. »Ich kann sie nicht erreichen. Was tun wir?«

Sie bewegten sich auf den Ausgang zu. Lukas hatte schon darüber nachgedacht.

»Wir bringen die Apparatur in unseren Flüsterwald«, erklärte er. »Dort ist sie sicher. Und wir können in Ruhe herausfinden, wie wir die Magie wieder zurückfließen lassen können. Ich kann das Siegel öffnen, um in unseren Flüsterwald zu reisen.«

»Und ich den Traumzeitpfad«, sagte Dundi. »Schließlich bin ich ein Regenbogengürteltier.«

Womit sie sogar in einer noch besseren Position waren, als Lukas bisher gedacht hatte. Der Plan war, dass Zoe und

Dundi über die Traumzeitpfade reisten und auf diese Weise die Schöpfungsapparatur in den Flüsterwald der Herzburg transportierten. Lukas und Rani hingegen würden einfach ihre Geisterschimmer-Bänder abnehmen, um zurückzukehren. Dann würde Lukas beim Blinzelknoten das Siegel auch von der anderen Seite öffnen können.

»Rani, ich habe einen ganz lustigen Auftrag für dich«, sagte Lukas mit Blick auf den Greifschwanz des kleinen Menoks, wo der Glassplitter sich dunkel eingefärbt hatte.

»Wirklich?« Der Menok bekam glänzende Augen. »Das ist so lieb von dir.« Er schniefte.

»Du löst jetzt das Band von deinem Greifschwanz und springst zurück in unseren Flüsterwald. Ich begleite Zoe und Dundi noch bis zum Eingang der Traumzeitpfade, dann komme ich nach. Rani, du erklärst dem Professor schon mal alles, damit er vorbereitet ist. Wir bringen die Schöpfungsapparatur direkt zu ihm.«

»Darf ich dem Professor dann auch einen Witz erzählen?«

»Total. Haha. Da freut er sich.« Lukas machte eine auffordernde Handbewegung.

Daraufhin lachten auch Zoe und Dundi.

»Alles klar.« *Schwupps,* war das Armband ab und Rani verschwunden.

»Dein Lachen klang total künstlich«, sagte Zoe, während sie gemeinsam nach draußen eilten. »Du solltest vielleicht mal eine Theater-AG besuchen.«

Lukas seufzte lautlos und rannte gemeinsam mit Zoe und Dundi los.

Hinter dem giftigen Nebel

Ella

»Du weißt, wer sie ist?!«, fragte Felicitas. Sie starrte Ella mit großen Augen an, in denen Fragezeichen geschrieben standen.

Ella nickte.

Bevor sie die Frage beantworten konnte, bildete sich jedoch ein Riss in Felicitas' Armband. Der Splitter hatte sich komplett schwarz verfärbt.

»Zieh es aus!«, rief Ella.

»Aber ich kann euch doch nicht allein lassen!«

Konnte sie sehr wohl. Was wohl auch Punchy so sah, denn die Beschützerkatze fuhr kurzerhand ihre Klauen aus und zertrennte das Armband ihres Schützlings. Felicitas wurde durchscheinend und verschwand.

Punchys Band knisterte ebenfalls bedrohlich. »Tut mir leid.« Auch sie streifte es ab.

Damit blieb Ella mit Noah und der Zauberin zurück.

»Tja, da waren wir nur noch drei«, sagte die Zauberin. »Also Ella, lass mich an deinen Gedanken teilhaben. Wer, denkst du, bin ich?«

Ella funkelte mit grimmigem Blick den Nebel an. Sie würde sich keinen Zentimeter mehr zurücktreiben lassen. »Du bist eine Meerjanerin.«

Stille setzte ein.

Dann wallte der Nebel auf und verschwand.

Dahinter kam eine riesige Blase zum Vorschein, die mit brackigem Wasser gefüllt war. Die Meerjanerin darin war kaum auszumachen. Doch da sie sich bewegte, war immer mal wieder ein Arm voller Pusteln zu sehen, blaue Haut und Schwimmflossen.

»Bravo. Du bist ein cleveres Mädchen.« Die Stimme der Zauberin klang jetzt nicht mehr so hallend, aber noch immer rau und durchs Wasser verzerrt.

Plötzlich ergab alles einen Sinn.

»Deshalb hat das Erde-Luft-Pulver meines Großvaters in dem Gang nicht funktioniert«, sagte Ella nun auch laut,

»und deshalb sind vorhin so viele Katzen am Ausgang des Ritualplatzes aufgetaucht. Weil der See in der Höhle alle Flüsterwälder miteinander verbindet und einige der Katzen kamen gerade aus anderen Flüsterwäldern.« Sie schlug sich gegen die Stirn. »Die Angreiferkatzen sind ebenfalls Meerjaner. Du hast sie mit dem Trank verwandelt.«

»Sie können noch immer unter Wasser atmen«, bestätigte die Zauberin, »diese Art der Magie geht offenbar auch nach einer Verwandlung mit dem Trank nicht verloren. Nun können sie die Katzenlinien benutzen und über das Wasser zwischen den Wäldern hin und her wechseln. Ich mache es ebenso. Aber meine Macht ist noch viel größer. Ihr Menschen habt mit eurem Müll unser Wasser verschmutzt, das ganze Meer ist eine Jauchegrube. Und obwohl alle es gesehen haben, hat keiner etwas dagegen unternommen oder uns geholfen. Ihr habt uns Geschöpfe der Meere einfach vergessen. Sogar die Beschützer, die doch den Wald als Ganzes vor Schaden bewahren sollten!«

Und obwohl Ella der Zauberin ihre Taten nicht verzeihen wollte, hatte sie doch Mitleid. Sie erinnerte sich daran, dass Felicitas vom gemeinsamen Spielen der Meerjaner- und Elfenkinder gesprochen hatte. Damals, als der See der Meerjaner noch nicht so verschmutzt gewesen war. Heute kamen die Meerjaner nicht mehr an die Oberfläche.

Als Lukas und sie sich auf die Suche nach Ellas Großvater begeben hatten, waren sie mithilfe eines Zaubertranks, der sie unter Wasser atmen ließ, in die Tiefe des Sees hinabgetaucht. Das war erst einige Wochen her, fühlte sich aber viel länger an. Bei diesem Tauchgang hatten Lukas und sie erstmals den verdreckten See gesehen und sich fest vorgenommen, den Meerjanern zu helfen. Im folgenden Chaos war das untergegangen, obwohl Felicitas bei ihrer Zeitreise in der Bibliothek von Frau Stein sogar einen Meerjaner getroffen hatte. Jetzt ärgerte Ella sich darüber, all die kleinen Zeichen nicht bereits früher erkannt zu haben.

»Aber wieso habt ihr nicht das Herz des Waldes um Hilfe gebeten?«, fragte Ella.

»Hilfe!« Das Wasser in der Blase wirbelte umher. »Ihr macht unseren Lebensraum kaputt, vermüllt und verdreckt alles, und wir sollen euch um Hilfe bitten? Ihr solltet euren Dreck auch wegmachen, ohne dass wir darum betteln. Und wie mir scheint, ist das Herz des Waldes nicht sehr darum bemüht, Hilfe zu leisten. In den anderen Wäldern ist es nicht anders. Jetzt nehme ich es selbst in die Hand!«

Ella starrte auf die versteinerte Seele und realisierte endlich, was die Zauberin wirklich vorhatte. »Du willst einen Wasser-Flüsterwald erschaffen.«

»Einen mit kristallklarem Wasser, wunderschönen Korallen und unendlicher Vielfalt«, rief die Meerjaner-Zauberin. »Dann brauchen wir keine Waldseele.«

»Aber du kannst deswegen doch nicht alle Wälder zerstören und allen Flüstervölkern die Heimat rauben. Und sogar das Leben nehmen«, entgegnete Ella. »Spätestens jetzt haben alle begriffen, dass es euch ernst ist. Rede mit ihnen!«

»Du missverstehst.« Die Blase mit der Zauberin trieb langsam durch die Luft, getragen von Magie und Wut. »Die anderen Meerjaner sprechen sich noch immer für eine friedliche Lösung aus, während sie in giftigem Müll ertrinken. Den drastischen Weg habe ich allein gewählt. Zusammen mit ein paar treuen Helfern und … nun ja, Unterstützung. Die Zeit des Redens ist vorbei. Ich sehe auch keinen Sinn darin, wenn ich ehrlich bin. Letztlich habe ich fast alles, was ich benötige. Die Schöpfungsapparatur braucht lediglich noch *eine* Seelenkraft, die Magie *eines* Waldes. Nach Punkten liege ich also vorne, liebe Ella.«

Ella versuchte, sich an das Argumentationstraining zu erinnern, das sie in der Schule geübt hatten. Eine Gruppe versuchte die andere von etwas zu überzeugen und umgekehrt. Wer die besseren Argumente hatte, gewann. Leider war ihr Geist wie leer gefegt.

Sie besaßen kaum noch Unterstützung, kaum noch Magie, kaum noch eine Chance.

Halt!

Eine gab es. Die Schöpfungsapparatur! Für die Durchführung ihrer Pläne benötigte die Zauberin das Gerät. Ohne es konnte sie keine Magie mehr stehlen. Und auch keinen neuen Flüsterwald erschaffen. Im Gegenteil. Wenn der Plan von Noah, Zoe, Dundi, Rani, Punchy, Felicitas, Lukas und ihr gelang, konnten sie die Apparatur der Blinzelingenieure in der Herzburg verstecken. Das Herz würde einen Weg finden, gemeinsam mit den Blinzelingenieuren die Magie aus der Schöpfungsapparatur wieder zurückfließen zu lassen. So schlimm sah es also gar nicht aus.

»Egal wie irgendwelche Punkte stehen, ich lasse nicht zu, dass du uns ins Verderben stürzt!« Noah hob seine Arme und schleuderte ein Bündel Blitze auf die Zauberin.

Doch die Blitzmagie glitt an der Wasserblase ab. Die Schale wirkte wie ein magischer Schutzschild, das konnte Ella instinktiv erfassen. Die Zauberin wurde aktiv. Ein Wasserschwall schoss hervor und traf Noah: stinkende Brühe vermengt mit giftigen Stoffen. Sie trug die Blitze zurück.

Dadurch wurde Noah doppelt getroffen. Der Druck des Wassers schleuderte ihn davon. Er prallte gegen die Wand und fiel zu Boden. Dort tanzten die zurückgeschleuderten Blitze über seinen Körper. Er zuckte, verkrampfte und lag schließlich still.

»Noah!« Ella sprang zu ihm. Vorsichtig ging sie in die Knie. Mit dem Finger fühlte sie seinen Puls. Dieser war noch da, Noah atmete gleichmäßig. Aber gut ging es ihm definitiv nicht.

»Damit sind nur noch wir beide übrig«, sagte die Zauberin. »Ich habe es schon immer gemocht, mich mit einem wachen Geist zu messen. Und jetzt, wo du sowieso nichts mehr tun kannst, kann ich es genießen.«

»Genießen?!« Ella fuhr herum und sprang auf. »Wie kannst du es genießen, uns zu verletzen?«

»Das ist ein Bonus.« In der Stimme der Zauberin lag so viel Spannung wie in einem ganzen Gewitter. »Was jetzt kommt, ist reines Chaos.«

Das Lachen hallte durch den Thronsaal mit der versteinerten Seele und kündete von verlorenen Freunden und dem Ende der Hoffnung.

Der Plan der Zauberin

Ella

Wie um ihren Worten Nachdruck zu verleihen, bebte die Erde. Steine polterten von der Decke, Risse erschienen im Boden. Das Lachen der Meerjanerin hallte im Raum wider.

Ella konnte sich nur mit Mühe auf den Beinen halten. Immerhin rüttelte das Beben Noah wach. Er blinzelte, realisierte, wo er war, und rappelte sich auf.

»Du kleine Detektivin glaubst, immer einen Schritt voraus zu sein«, rief die Zauberin boshaft. »Aber dieses Mal bist du gleich zwei Schritte hinterher. Hast du noch nicht begriffen, was ich geplant habe? Denkst du wirklich, deine

Freunde kommen einfach hierher, um dich zu retten, ihr flieht und spaziert dann hier in Ruhe herein?«

Ein weiteres Beben erschütterte den Raum und riss Ella von den Füßen.

Mit geweiteten Augen nahm sie wahr, dass sich in der versteinerten Waldseele Risse bildeten. Stein brach ab, polterte zu Boden. »Was passiert hier?«

»Wie ich bereits sagte: Chaos.« Die Zauberin stieg in die Höhe, lachte und sonnte sich in ihrem Triumph. »Jede Waldseele, die versteinert wurde, verschwindet. Und danach löst sich auch der zugehörige Flüsterwald auf.«

Ella wechselte einen schnellen Blick mit Noah. »Stimmt das?«

Er zuckte mit den Schultern. »Ich habe keine Ahnung.«

»Oh, es stimmt«, rief die Zauberin. »Sobald die Seele fort ist, fehlt der Anker, die Quelle, die den Wald zusammenhält. Nebel breitet sich aus und verschlingt den Flüsterwald. Am Ende bleiben nur gewöhnliche Bäume zurück, jegliche Magie ist verschwunden. Das ist in der Vergangenheit bereits passiert. Von einigen alten Wäldern ist nichts mehr übrig. Dort, wo sie einst standen, befinden sich nur noch einzelne, zurückgebliebene Fragmente. Seltsame Steine oder Bäume. Sonst nichts. Ihr wisst gar nichts über die Vergangenheit der Flüsterwälder, genauso wie ich einst nichts darüber wusste. Doch ebenso wie es in der Geschichte der Menschheit der Fall war, haben die Wälder viele Wandlungen durchlaufen. In den alten Pergamenten bin ich auf die Lösung gestoßen. Auf die Grundlage für meinen Plan.«

Das Beben wurde immer stärker und Ella musste sich an der Wand abstützen, um nicht erneut zu fallen. Noah blieb dicht neben ihr.

»In wenigen Tagen wird es keine Flüsterwälder mehr geben«, rief die Zauberin. »Nur noch meinen neuen Wald.«

»Wir sind auch noch da!«, schmetterte Ella ihr entgegen.

»Ach, seid ihr?« Die Blase sank langsam herab, das schlammige Wasser wirbelte. »Bist du dir da so sicher, meine Liebe?«

»Die Herzburg ist stark wie nie«, rief Ella. »Du bekommst sie nicht so einfach.«

»Hm.« Die Zauberin schien nachzudenken.

Abgesehen vom ständigen Beben und dem Geräusch zerbrechender Steine war nichts zu hören.

»Du meinst, ich habe keine Möglichkeit, die Schöpfungsapparatur in die Herzburg zu bringen?«

Ella war so wütend über diese gemeine Überheblichkeit, dass sie nun doch einen Schritt nach vorne machte. Ihre Fäuste stemmte sie in die Hüfte. »Niemals. Wir werden alles tun, damit die Apparatur …« Ein eisiger Schrecken durchfuhr sie.

»Ja?«, fragte die Zauberin unschuldig. »Was wolltest du sagen.«

»Oh nein«, stöhnte Noah.

Mit einem bösen Lachen schoss die Blase in die Höhe. »Ich wusste, dass deine Freunde kommen würden, um dich zu befreien. Genau das war mein Plan. Denkst du, mir war nicht klar, was ihr vorhabt? Natürlich stürmt ihr mit all eurer Energie zur Apparatur. Und ihr kleinen Pfadfinder wollt natürlich alle steinernen Statuen wieder zum Leben erwecken, was nur geht, wenn ihr den Zauber umkehrt. Aber das kann nur in eurem Flüsterwald passieren. Und deshalb …«

»Bringen wir die Apparatur in unseren Flüsterwald«, hauchte Ella. »Direkt in die Herzburg.«

»Und ich muss nichts tun, außer euch entkommen lassen«, säuselte die Zauberin.

Zoe, Lukas, Rani und Dundi würden sich die Schöpfungsapparatur sofort schnappen und wegbringen, sobald sie sie in der Traumzeit entdeckt hatten. Schließlich hing alles an diesem verdammten Ding. Was hatten die Blinzelingenieure da nur geschaffen? Und da Noah über die Perlen keine Verbindung zu den anderen bekam – dahinter steckte wohl auch die Zauberin –, konnten sie die anderen nicht warnen.

»Ich kann an deinem Gesicht ablesen, dass du das Ausmaß begreifst«, sagte die Zauberin. »Ihr habt dieses Spiel verloren. Durch euch selbst. Lass dir das eine Lehre sein. Am Ende gewinnen immer die Skrupellosen, die Gemeinen, die Gierigen. Nachdem ich das verstanden hatte, ging es mir deutlich besser. Eure Flüsterwald-Wesen werden nicht lange leiden, das Versteinern geht schnell.«

»Noah«, sagte Ella entsetzt. »Wir müssen etwas tun.«

Doch der australische Junge sah sie nur an, sein Blick so ratlos wie Ella sich fühlte. »Ich weiß einfach nicht, was.«

»Wir müssen sie aufhalten! Lukas und die anderen. Sie dürfen die Apparatur nicht in die Herzburg bringen.«

»Oh, das ist eine tolle Idee«, sagte die Zauberin. »Lauf, kleine Ella. Gib dein Bestes. Vielleicht kannst du sie ja noch aufhalten. Die Hoffnung stirbt bekanntlich zuletzt.«

Ella rannte zum Ausgang. Sie taumelte, musste über einen Riss im Boden springen und kam auf den Knien auf. Ein stechender Schmerz durchzuckte sie. Noah half ihr wieder auf. Auch er hatte durch seinen Sturz Blessuren davongetragen. Ein gewöhnlicher Mensch hätte den Kontakt mit der Elektrizität der Blitze nicht so weggesteckt, doch durch seine Magie war er wohl deutlich robuster.

»Sie lässt uns gehen«, sagte er.

»Klar. Es macht ihr Spaß, uns kämpfen zu sehen. Mit letzter Hoffnung – genau so wie sie es getan hat.« Die Zauberin wollte, dass sie ebenfalls die Hoffnungslosigkeit spürten. Dass sie kämpften, bis zuletzt. Nur um zu scheitern.

So war es ihr gegangen, als das Wasser immer schmutziger wurde, die Gifte ihren Lebensraum zerstörten. Niemand hatte geholfen. Ella konnte ihre Wut sogar nachvollziehen. Aber das gab ihr nicht das Recht, alles zu zerstören. Gemeinsam hätten sie doch eine Lösung gefunden, die musste es geben. Andererseits … »Sie hätte uns niemals gehen lassen, wenn wir noch eine Chance hätten, die anderen rechtzeitig zu erreichen.«

Noah nickte hastig. »Sie hat ja noch diesen Zottelfell. Er hat sie bestimmt darüber informiert, wo die anderen sind«, sagte er und schnaubte frustriert. »Ich bekomme einfach keine Verbindung über unsere Perlen.«

Sie rannten nebeneinander fort vom *Uluru*. Dieses Mal mussten sie nicht durch magisch vertauschte Räume hindurch, sie konnten einfach aus dem Felsen heraustreten und losrennen.

Von außen sah man dem großen roten Felsen nicht an, dass etwas Ungewöhnliches passierte. Es gab kein Beben, nichts. Dass im Inneren eine Waldseele verschwand, bemerkte niemand. Wie an so vielen anderen Orten auch, passierte die Zerstörung unsichtbar.

»Unsere einzige Chance ist, die anderen abzufangen, bevor sie mit der Apparatur unseren Flüsterwald verlassen«, überlegte Noah. »Du könntest uns zu ihnen blinzeln. Damit könnten wir es schaffen. Wir müssen zur Traumzeitverbindung für die fernen Wälder, die nah am Ritualplatz liegt.«

Beinahe hätte Ella vor Wut über sich selbst aufgestampft. »Ich kann die Magie nicht so ohne Weiteres benutzen. Die Verbindungen zu öffnen, ist eine Sache. Ich bin sogar die Einzige bei uns, die das kann. Aber mich oder andere einfach so jederzeit wegblinzeln, geht nicht.«

Noah hatte im Laufen seinen Rhythmus gefunden. Ella versuchte mitzuhalten, doch er war eindeutig sportlicher als sie alle zusammen. »Die Kraft liegt in dir, du hast nur den Zugang noch nicht gefunden. Du bist dazu bestimmt, sie zu nutzen – genauso wie Lukas immer vertrauter mit der Siegelmagie wird.«

Der Unterschied war allerdings, dass Lukas seit seinem Einzug in die Villa Siegelwahrer war. Die Magie hatte sich langsam und stetig mit ihm verbunden und im Kampf gegen den dunklen Magier hatte das Herz ihm erstmals gezeigt, wie er sie benutzen konnte. Ella war im Vergleich dazu eine blutige Anfängerin, sie hatte ihre Magie erst seit einigen Tagen.

»Wir rennen«, sagte Noah. »Noch haben wir nicht verloren.«

Büsche flogen vorbei, ihre Fußsohlen hinterließen Abdrücke in der trockenen Erde von Australien.

Ella klammerte sich an die Hoffnung, wie auch die Zauberin es einst getan hatte. Würde sie ebenso enttäuscht werden und am Ende alles verlieren?

Zurück in die Herzburg

Lukas

Sie hatten es geschafft!

Zoe und Dundi hatten sicher den Zugang zu den fernen Traumzeitverbindungen erreicht und würden in Kürze mit der Apparatur in den Flüsterwald der Herzburg reisen. Lukas hingegen musste vorzeitig sein Armband abstreifen und würde das Siegel nun von der anderen Seite aus öffnen. Von einem Moment auf den anderen befand er sich wieder in seinem Körper in der Werkstatt des Professors. Er spürte, dass er noch immer in einem der Betten der Geisterschimmerkonstruktion lag. Vorsichtig blinzelnd öffnete er die Lider und sah direkt in Ranis Augen, der auf seiner Brust saß.

Klong. »Lukas ist zurück.« Der Menok grinste ihn an und holte erneut aus, um die Löffel zusammenzuschlagen.

»Schön, dann kannst du jetzt aufhören!« Felicitas saß oben auf der Geisterschimmer-Apparatur und hatte sich die Finger in die Ohren gesteckt. »Und du musst nicht noch weitere tausend Mal schreien: Lukas ist noch nicht zurück!«

»War er auch nicht.« *Klong.* »Ist er jetzt aber.« *Klong.*

Der Professor kam die Treppe hinuntergepoltert. »Lukas ist zurück?«

»Siehst du«, sagte Rani zufrieden. »Ich bin besser als jede Sirene.«

»Aber ist es auch gut, dass du besser als jede Sirene bist?«, gab Felicitas zu bedenken.

»Ja«, sagte der Menok überzeugt.

»Würdest du bitte von mir runtergehen?«, bat Lukas.

»Oh. Natürlich.« *Klong.* »Lukas ist zurück und ich gehe jetzt von ihm runter.«

Vermutlich würde Lukas für den Rest seines Lebens eine Abneigung gegen Löffel haben.

»Felicitas hat mich schon darüber informiert, dass es Ella gut geht«, sagte der Professor. »Ihr wollt also die Schöpfungsapparatur hierherbringen?«

»Es ist eine lange Geschichte«, erwiderte Lukas. »Aber ja, wir konnten die Schöpfungsapparatur erbeuten.«

»Das ist ja großartig«, freute sich von Thun. »Lauter gute Neuigkeiten.«

»Zoe und Dundi, die Beschützer des australischen Waldes, bringen die Apparatur in unseren Wald. Sie reisen über die Verbindung zu den fernen Wäldern. Dundi ist in der Lage, den Zugang von ihrer Seite aus aufzubauen, weil er an die Traumzeit anschließt. Aber das Siegel muss natürlich geöffnet werden, das mache ich von unserem Flüsterwald aus. Mein Glassplitter wurde ebenfalls schwarz, daher konnte ich das Siegel nicht mehr im australischen Flüsterwald öffnen. Jede weitere Sekunde wäre zu gefährlich gewesen.«

»Dundi kommt hierher!«, freute sich Rani. Und schickte ein *Klong* hinterher.

»Ihr geht zum Knoten für die fernen Wälder, beeilt euch!«, sagte der Professor. »Bestimmt wird die Zauberin versuchen, zu verhindern, dass ihr die Apparatur in unseren Wald bringt. Kommt mit dem Gerät dann am besten erst mal hierher, damit ich es mir ansehen kann. Danach informieren wir das Herz.«

»Alles klar.«

Lukas sprang auf. Felicitas drehte einen Looping in der Luft und sauste ihm hinterher, gefolgt von Punchy. Rani ließ die Löffel endlich wieder in seiner Felltasche verschwinden und flitzte ihnen nach.

Sie benutzten die Blinzelstation in der Herzburg, um zum Knoten für die fernen Wälder zu gelangen. Lukas befürchtete schon, dass Zottelfell oder der giftige Nebel sie dort bereits erwarten würden. Doch nichts geschah.

Felicitas gestand ihm, dass Ella und Noah in Schwierigkeiten steckten und der Zauberin gegenübergestanden hatten, als sie sie im *Uluru* zurücklassen musste. Aber das hatte sie dem Professor nicht erzählen wollen.

»Wir schnappen uns die Apparatur und dann befreien wir Ella und Noah!« Lukas stellte sich aufs Blinzelpodest für die fernen Verbindungen und schloss die Augen. Mit seinem Geist tastete er hinaus und ließ die Siegel fallen. Er wurde immer besser darin, die Magie zu steuern. Am leichtesten fiel es ihm, bestehende Siegel zu öffnen. Eigene zu erschaffen war noch schwierig.

»Und?«, fragte Felicitas.

Sie schwebte in der Luft und blickte gebannt auf die Plattform. Waren Dundi und Zoe in der Zwischenzeit wieder gefangen genommen worden oder würden sie es schaffen, die Apparatur hierherzubringen? Immerhin mussten sie für die Reise zuerst einschlafen, was vielleicht nicht ganz einfach war. Andererseits waren sie es ja gewohnt.

Wenn sie es geschafft hatten, würden Zoe und das Regenbogengürteltier erst einmal eine Weile in diesem Flüsterwald festsitzen, was ihnen zum Glück nichts auszumachen schien. Denn ohne Ella ließ sich die Verbindung der Blinzelbahn auf dieser Seite natürlich nicht mehr öffnen. Und ohne Lukas konnte Ella wiederum das Siegel nicht lösen und saß im australischen Flüsterwald fest. Lukas würde also wieder als Geisterschimmer nach Australien reisen müssen, um das Siegel zu öffnen und Ella zurückzuholen. Bei Dundi und Zoe konnte er das Siegel nur deshalb erfolgreich von dieser Seite öffnen, weil er wusste, dass Dundi genau zeitgleich die Verbindungen aufbaute.

Lukas konzentrierte sich erneut auf das Siegel und blinzelte. Im nächsten Augenblick waren Zoe und Dundi angekommen. Sie purzelten über die Plattform. In ihrer Mitte trugen sie die Apparatur.

»Ihr habt es geschafft!«, jauchzte Felicitas.

»Es war knapp«, gestand Zoe. »Kurz vor unserer Reise habe ich Zottelfell gesehen. Er muss uns gefolgt sein. Hat aber nur triumphierend dreingeschaut und gelacht.«

»Er dachte wohl, er kann euch noch aufhalten«, sagte Lukas. »Dann schnell, bringen wir die Apparatur in die Herz burg. Wir müssen nur zu dem anderen Blinzelpodest hier unten wechseln.«

Zoe benutzte erneut ihre Windmagie, um die Schöpfungsapparatur schweben zu lassen. Gemeinsam verließen sie den Knoten für die fernen Wälder und eilten über einen kurzen Gang zur Blinzelbahn für die Verbindungen innerhalb des eigenen Flüsterwaldes. Diese führte seit Kurzem direkt in die Herzburg. Am Zielort befand sich ein Sicherheitsportal, das nur Beschützer des Waldes öffnen konnten.

Lukas blickte noch einmal zurück zu dem Knoten für die fernen Wälder. Das Siegel war noch offen, er konnte es spüren. Es zog sich langsam wieder zusammen, würde aber für ein paar weitere Minuten offen bleiben.

Gemeinsam stellten sie sich auf die Plattform. Felicitas justierte das Ziel, streichelte die Blinzelbahn und bedankte sich für die Reise. Die Elfe sah in die Höhe und blinzelte.

Nichts geschah.

»Seltsam«, sagte sie, »normalerweise sollten wir jetzt schon dort sein.«

»Ist die Blinzelbahn vielleicht wütend?«, fragte Lukas.

Er linste zu Rani, doch der Menok tuschelte mit Dundi, in dem er einen neuen besten Freund gefunden zu haben schien. Beleidigt konnte er die Blinzelbahn also nicht haben.

»Lass es mich noch mal versuchen«, sagte Lukas. »Bitte, bitte liebe Blinzelbahn, bring uns zur Herzburg. Nur dort sind wir sicher vor der Zauberin.«

Er fixierte mit seinem Blick den Auslöser über dem

Podest und blinzelte – mit Nachdruck. Und tatsächlich, es gab einen kurzen Ruck – als würde die Blinzelbahn sie nur mit Widerwillen befördern –, dann ging es los. Die Passage fühlte sich irgendwie zäher an, durchsetzt mit Widerständen. Doch dann landeten sie in der Herzburg.

»Denkst du, sie hat wieder eine Trotzphase?«, fragte Lukas leise Felicitas.

»Normalerweise geht dann gar nichts«, erwiderte die Elfe. »Das fühlte sich eher so an, als wollte sie nicht, dass wir die Herzburg aufsuchen. Aber egal, wir sind hier.«

Lukas trat vor das Sicherheitsportal und öffnete es. Sie betraten den sicheren Bereich der Burg.

»Wow«, sagte Zoe. »Das sieht ganz anders aus als bei uns im *Uluru*, wo unsere Waldseele ihren Sitz hat. Irgendwie edler. Mehr Stoff, weniger Erde.«

Die Beschützerin des australischen Waldes wirkte beeindruckt und gleichzeitig selbst ein wenig fremd in dieser Umgebung. Sie gehörte nach Australien, in eine wilde, freie – und gefährliche – Natur. So wie Lukas, Ella und ihre magischen Freunde hierhergehörten.

Sie brachten die Schöpfungsapparatur direkt zu Professor von Thun.

»Sehr gut, es hat geklappt«, wurden sie begrüßt. »Und du bist dann Zoe? Freut mich, dich kennenzulernen.«

Sie stellten die Schöpfungsapparatur auf einer Arbeitsplatte in der Werkstatt ab. Hier lagen alle möglichen Werkzeuge griffbereit.

»Interessant«, sagte der Professor. »Ich sehe diese Form der Arbeit zum ersten Mal.«

Rani tapste gemeinsam mit Dundi einmal um das Gerät herum.

»Das ist ja lustig«, sagte der Menok. »Dieser Stein funkelt so hübsch.«

In dem Moment leuchtete der Stein grell auf. Lukas schnappte nach Luft. »Der war vorher aber nicht da!«

Ein Keuchen ließ sie zur Tür herumfahren. Dort standen Ella und Noah, die Haare wild in alle Richtungen abstehend. »Es ist eine Falle«, rief Ella, »die Apparatur …«

Professor von Thun reagierte sofort. Er griff nach einem Hammer, trat neben die Schöpfungsapparatur und holte aus, um den seltsamen Stein abzuschlagen. Ein magischer Strahl erfasste ihn.

»Großvater!«, schrie Ella.

Innerhalb eines Wimpernschlags war Professor von Thun versteinert. Da er mit dem magischen Gefängnis verbunden war, wohnte offensichtlich leider auch in ihm genügend Magie, dass der Versteinerungszauber wirkte.

»Raus hier!«, rief Lukas.

Er packte Rani und schleuderte ihn zur Tür, damit der Menok außer Gefahr war. Leider war der so schwer, dass er bereits einen Meter weiter zu Boden plumpste.

Dundi rollte sich zu einem Ball zusammen und wurde von Zoe zu Noah geworfen. Dann preschte Zoe hinaus. Gleichzeitig schoss Felicitas zur Tür, Punchy direkt hinter sich.

»Rani, auf meine Schulter!«, rief Lukas.

Der Menok flitzte hinauf.

Eine schrille Sirene heulte durch die Gänge der Herzburg. Der Zugang zur Werkstatt von Professor von Thun schloss sich.

»Lukas!«, rief Ella.

Er hechtete nach vorne.

Der Durchgang war fast geschlossen. Ein magischer Strahl zuckte neben ihm in die Wand.

Lukas sprang.

Chaos

Lukas

Das Portal, das die Herzburg mit der Werkstatt verband, schloss sich direkt hinter Lukas.

Keuchend lag er auf dem Gang. Eine Sekunde später und er säße jetzt in der Werkstatt des Professors fest, wo die Schöpfungsapparatur sich als Falle entpuppt hatte.

»Geht es dir gut?« Ella half ihm auf.

»Die Zauberin hat uns reingelegt, oder?«

Ella bestätigte den Verdacht und berichtete, was passiert war. »Sie wollte, dass wir die Apparatur hierher in die Herzburg bringen.«

Niedergeschlagen sah Lukas zum Eingang der Werkstatt.

»Ich habe meine Löffel verloren«, sagte Rani. »Bestimmt sind sie jetzt aus Stein. Das ist nicht lustig.«

Und in diesem Fall stimmte er dem Menok voll und ganz zu. Rani saß mit hängenden Ohren auf Lukas' Schulter und umarmte seinen Hals. »Danke, dass du mich gerettet hast, Freund Lukas.«

Lukas kraulte den Winzling am Kinn. »Wir sind Freunde. Natürlich mache ich das.«

Ein Wabern glitt über den Eingang zur Werkstatt des Professors und im nächsten Augenblick war die Tür verschwunden. Stattdessen gab es dort nur noch gewöhnliche Wand.

Verteidiger der Herzburg, kommt in den Thronsaal!
Der Flüsterwald ist in Gefahr!

Die Worte hallten in Lukas' Kopf wider, verstärkt durch das Beschützer-Tattoo.

Gemeinsam eilten sie durch den Korridor, die Treppen hinauf und in den Thronsaal. Das Herz schwebte in der Luft. Es waberte aufgeregt.

»Der Seelenbund existiert nicht mehr«, wisperte es. »Die anderen Waldseelen sind alle versteinert. Erste Flüsterwälder werden vom Nebel des Vergessens verschlungen.«

»Die Schöpfungsapparatur …«, begann Ella.

»Ich konnte es spüren.« Die Beunruhigung des Herzens war nicht zu überhören. »Die Zauberin muss die Apparatur umgebaut haben. Mir blieb keine Wahl, ich musste die Werkstatt des Professors von der Herzburg trennen.«

Die Werkstatt war nicht wirklich ein Teil der Burg. Sie lag außerhalb an einem anderen Ort und war lediglich über ein magisches Portal mit der Herzburg verbunden gewesen.

»Das hat die Burg und uns gerettet«, sagte Lukas.

Noah, Zoe und Dundi standen still im Thronsaal und lauschten.

»Doch nicht für lange«, erklang die Stimme des Herzens. »Die Apparatur beginnt bereits damit, Magie an sich zu reißen und Flüsterwaldwesen zu versteinern. Ich kann nichts dagegen tun.«

Niedergeschlagen berichtete Ella, was sie im australischen Flüsterwald erfahren hatte.

»Eine Meerjanerin«, piepste Felicitas. »Aber die sind doch alle so lieb.«

»Das waren sie einmal«, sagte Lukas. »Wenn vor meiner Haustür Giftmüll abgeladen werden würde, wäre ich auch nicht mehr lieb.«

»Das muss sie total verändert haben.« Ella sah nachdenklich aus. »In der Blase der Zauberin befand sich auch kein gewöhnliches Wasser. Es war schmutzig. Giftig.«

Was das wohl zu bedeuten hatte? Und es stellte sich weiterhin die Frage, woher die Zauberin den Trank bekommen hatte, um andere Meerjaner in Katzen zu verwandeln. Und warum ausgerechnet Katzen?

Sie wussten noch immer zu wenig über das, was geschehen war.

»Ich habe die Warks zusammengerufen«, verkündete das Herz des Waldes. »Sie werden versuchen, die Versteinerungsmagie mit ihrer eigenen aufzuhalten. Doch letztlich können sie es nur verlangsamen. Die Magie der Zauberin ist genau dazu gedacht, uns Flüsterwald-Wesen selbst anzugreifen.«

Noah machte einen Schritt nach vorne. »Dann helfen wir!«

Lukas blickte ihn fragend an. »Aber wie?«

Noah wollte antworten, kam jedoch nicht mehr dazu.

Ein Beben erschütterte den Boden.

Die Herzburg erzitterte.

»Das ist wie in Australien«, sagte Ella. »Wo kommt das her?«

Das Herz des Waldes wurde eine Nuance heller. »Die Kräfte verschieben sich. Ich … Oh nein!«

In der Luft waberte es auf, ein Bild erschien. Es zeigte einen Ort, den Lukas bereits kannte: ein großer Felsen über den Wolken, auf dem die Zauberschwingen lebten. Sie konnten sowohl eine menschliche Form als auch die Gestalt eines Vogels annehmen. Sie hatten dort den Taubenjungen Jules und seine Mutter kennengelernt. Bei den Zauberschwingen war Ella schließlich mit dem Meisterschlüssel der Blinzelingenieure verschmolzen.

»Aber …« Felicitas starrte kreidebleich auf den Felsen. »Er zittert.«

»Und er wird fallen«, sagte das Herz des Waldes. »Der große Felsen der Zauberschwingen wird von Magie in der Luft gehalten. Wenn die Schöpfungsapparatur sie ihm entzieht …« Das Herz konnte nicht weitersprechen.

»Er wird herabstürzen«, hauchte Lukas. »Dieser riesige Felsen donnert auf den Flüsterwald. Er wird alles zerstören.«

»Und nicht nur den Wald«, sagte das Herz. »Die Druckwelle aus Magie und Kraft wird so stark sein, dass sie die Grenze passieren und auch Winterstein vernichten wird.«

Sprachlos starrten sie auf den zitternden Felsen, auf dem die Vogelwesen lebten. Die Geschöpfe mochten als Flugtiere einem Absturz entkommen, doch alle anderen waren den Folgen ausgeliefert. Der Flüsterwald und Winterstein.

Rani klammerte sich traurig an Lukas' Hals. Punchy maunzte entsetzt und Felicitas starrte kreidebleich auf das wabernde Bild. Die Besucher aus Australien wirkten niedergeschlagen, selbst die Farben auf Dundis Bauch waren verblasst.

Die Zauberin hatte wohl recht behalten mit dem, was sie Ella gesagt hatte. Sie verursachte Chaos.

Das Herz zuckte zusammen und brachte Lukas damit wieder zurück in die Gegenwart. »Etwas geschieht.«

Ein weiteres Bild erschien.

Überall im Wald sprangen Katzen aus den Schattenlinien. Sie waren verwahrlost und verdreckt, ihre Augen schimmerten wütend.

»Sie kommen«, flüsterte Ella.

Hunderte von Angreiferkatzen stürzten sich in den Flüsterwald und jagten zu jenem Ort, den sie einnehmen mussten, um den endgültigen Sieg davonzutragen.

Lukas schluckte. »Sie kommen zur Herzburg.«

Ende

Kann die Zauberin triumphieren?
Werden der Flüsterwald und Winterstein
endgültig zerstört?

Das erfahrt ihr im Finale
der zweiten Staffel.

Weitere Informationen zur Reihe findet ihr unter:
www.flüsterwald.de

Andreas Suchanek

streifte als Kind über Abenteuerspielplätze und erschuf im Geist fantastische Welten.

Später wurden diese dann zu Papier gebracht. Er teilt die Schokoladensucht mit Rani.

www.andreassuchanek.de

Timo Grubing,
geboren 1981, studierte Illustration an der FH Münster und lebt seit seinem Diplom 2007 wieder in seiner Geburtsstadt Bochum. Als freier Illustrator bebildert er Kinder- und Jugendbücher, Spiele und Comics und eigentlich alles, was ihm unter den Stift gerät. Dabei trinkt er Kaffee.

www.timogrubing.de

www.instagram.com/timogrubing_illustration/

FLÜSTERWALD

Die komplette erste Staffel auf einen Blick

Band 1
Das Abenteuer beginnt
ISBN 978-3-7641-5175-1

Band 2
Der verschollene Professor
ISBN 978-3-7641-5176-8

Band 3
Durch das Portal der Zeit
ISBN 978-3-7641-5212-3

Band 4
Der Schattenmeister erwacht
ISBN 978-3-7641-5222-2

Andreas Suchanek / Timo Grubing
je 256 Seiten, Hardcover
Ab 9 Jahren

ebook

www.ueberreuter.de
Folgt uns bei Facebook & Instagram